김중미

1963년 인천에서 태어나 1987년부터 인천 만석동에서 ‘기차길옆공부방’을 열고 지역 운동을 해 왔다. 지금은 강화로 터전을 옮겨 농촌 공동체를 꾸려 가며 ‘기차길옆작은학교’의 큰이모로 살고 있다.

동화 『괭이부리말 아이들』 『꽃섬 고양이』, 청소년소설 『모두 깜언』 『그날, 고양이가 내게로 왔다』 『곁에 있다는 것』, 에세이 『꽃은 많을수록 좋다』, 강연집 『존재, 감』 등을 썼다.

희망은 언제나 가장 낮은 자리에서
슬픔과 절망을 거름 삼아
싹을 틔웁니다!
2023. 3.
김중미

느티나무 수호대

느티나무 수호대

김중미 장편소설

2023년 3월 31일 초판 1쇄 발행
2024년 7월 1일 초판 9쇄 발행

펴낸이 한철희 | 펴낸곳 돌베개 | 등록 1979년 8월 25일 제406-2003-000018호
주소 (10881) 경기도 파주시 회동길 77-20 (문발동)
전화 (031) 955-5020 | 팩스 (031) 955-5050
홈페이지 www.dolbegae.co.kr | 전자우편 book@dolbegae.co.kr
블로그 blog.naver.com/imdol79 | 트위터 @Dolbegae79 | 페이스북 /dolbegae

편집 이하나
표지 디자인 김민해 | 본문 디자인 김민해·이연경
마케팅 심찬식·고운성·김영수·한광재 | 제작·관리 윤국중·이수민·한누리
인쇄·제본 영신사

ISBN 979-11-92836-07-2 (44810)
ISBN 978-89-7199-432-0 (세트)

책값은 뒤표지에 있습니다.

느티나무 수호대

김중미

장편소설

돌베개

차례

아침 일찍부터 사방에서 기계 소리, 자동차 소리가 들린다. 밤새 밝은 가로등 불빛 때문에 잠을 설쳤다. 달이 뜨지 않는 날에도 밤이 어둡지 않은 지 오래되었다. 멀리 신도시는 한밤중에도 한낮보다 더 빛난다.

불과 150년 전에는 내가 선 이 언덕도 울창한 숲이었다. 그다지 높지 않은 산이었지만 벚나무와 은행나무, 물오리나무, 단풍나무, 밤나무, 참나무, 때죽나무, 생강나무, 전나무, 소나무가 빽빽했다. 아직 나무가 초록빛 이파리들을 달기 전, 자기보다 키 큰 나무 사이에서 노란색, 붉은색 꽃을 피우는 개나리, 진달래와 양지바른 길가의 찔레나 인동 넝쿨도 숲의 한 자리를 차지했다. 숲은 생명을 가진 모든 존재들이 어우러져 사는 공동체였다. 우리 같은 나무뿐 아니라 온갖 곤충과 척추 없는 동물, 산토끼, 두더지, 다람쥐, 청설모 같은 작은 동물과 너구리, 오소리, 삵, 멧돼지, 여우, 늑대처럼 제법 큰 동물까지 함께 살았다. 사계절 내내 그 숲을 떠나지 않는 새들이 있고 여름이나 겨울에만 오는 새들도 있었다. 나는 동물들을 통해 숲 밖의 세상을 만났다. 숲은 인간들에게도 열려 있었다. 그들은 때때로 숲을 해쳤지만 숲을 지켜 주는 존재이기도 했다.

어렸을 때는 봄을 가장 좋아했다. 얼었던 땅이 녹고 흙에서 작은 생명들이 꿈틀대면 봄이 시작되었다. 그때쯤이면 겨우내 숲 위를 날던 말똥가리와 강기슭이나 갯벌, 텅 빈 논밭에서 겨울을 난 오리 떼와 기러기들이 북쪽으로 긴 여행을 떠났다. 그리고 노랑턱멧새나 솔새 같은 나그네새가 잠시 들러 남쪽 이야기를 전해 주고 가면, 더 먼 나라까지 여행을 갔던 꾀꼬리, 휘파람새, 뻐꾸기, 백로가 돌아왔다. 그들은 내가 한 번도 가 보지 못한 따뜻한 나라의 이야기를 전해 주었다. 가장 멀리 날아갔다 오는 뻐꾸기들이 들려주는 낯선 나라의 이야기는 특히 흥미진진했다. 뻐꾸기 말로는 그곳에는 1000살이 넘은 '바오바브'라는 나무가 있다고 했다. 나는 그 나무의 모습을 상상해 보곤 했다. 가을이 되면 북쪽으로 갔던 개똥지빠귀와 노랑지빠귀가 새로운 소식을 가져왔다. 그 무렵이면 오리 떼와 기러기 떼도 들판으로, 강가로 돌아왔다. 나는 그들의 이야기를 엿들으며 여름에도 눈이 녹지 않는 세상에 대해 알았다.

내 몸을 벗어나 사람의 몸을 하고 대포초등학교 기간제 교사가 되었을 때 제일 먼저 한 일은 도서관에 가서 식물도감을 펼친 것이었다. 거기서 뻐꾸기가 알려 준 바오바브나무를 찾았다. 또 백로가 들려준 맹그로브 숲도 찾고, 북쪽의 자작나무 숲에 대해서도 찾아보았다. 도서관에서 책을 읽으며 사람들이 나무에 대해 꽤 관심이 많다는 것을 알았다. 수많은 문학 작품 속에도 나무들이 등장했다. 사람들이 느티나무라고 부르는 나 역시 여러 작품 속에 나온다는 것을 알았을 때 조금 으쓱했다.

사람들은 잘 모르지만 식물들은 무척 수다스러운 편이다. 특히 나처럼 오래 산 나무들은 내 가지에 깃드는 새나 곤충뿐 아니라 땅속으로 뻗어 있는 뿌리를 통해 흙 속의 다양한 미생물들과 이야기를 나눈다. 사람들의 눈에는 보이지 않는 곰팡이와 박테리아가 내 생존에 필요한 많은 정보를 전해 준다. 나는 그 정보를 가지고 한해살이, 때로는 좀 더 먼 미래를 대비한다.

사람들은 가끔 내게 와서 인간사가 얼마나 복잡한지, 사람으로 사는 일이 얼마나 힘들고 고단한지 푸념을 늘어놓는다. 그러면서 한곳에 서서 수고하지 않아도 먹고사는 내가 부럽다고 말한다. 그러나 우리도 봄부터 가을까지 쉼 없이 일한다. 사람들은 우리가 땅 밑에서 하는 분주한 일들에 대해 잘 모른다. 사람들은 눈에 보이지 않는 것들은 존재하지 않는다고 쉽게 생각한다. 그렇지만 우리의 삶도 인간 못지않게 복잡다단하다. 우리는 주변의 다른 생물들과 비교적 평화롭게 공존하며 살아왔지만 때때로 우리를 해치는 존재들로부터 스스로를 방어하기도 한다. 사람들이 그런 것처럼.

지금 나는 느티 언덕 위에 홀로 우뚝 서 있지만 예전에는 웅등산과 이어져 있었다. 곰이 겨울잠을 자는 모양인 웅등산은 높지는 않지만 울창한 숲이었다. 나는 그 웅등산과 마을이 이어지는 자리에 있었다. 보름달이 가장 크게 뜨는 날이면 사람들이 언덕으로 올라와 잔치를 벌였다. 마을 사람들이 당산나무로 섬기는 700년 된 엄마

나무에게 제를 올리기 위해서였다. 또 사람들은 수시로 느티 언덕에 찾아와 엄마 나무 앞에서 기도를 했다. 엄마는 사람들의 이야기를 궁금해하는 내게 사람의 말에 가만히 귀 기울이면 언젠가 알아들을 수 있을 거라고 했다. 그리고 정말 조금씩 사람의 말을 이해하게 되었다.

내가 사람의 일에 관여하게 된 건 한 100년 전쯤이다. 그즈음을 일제 강점기라고 한다는 것을 책을 읽고 알았다. 1919년 만세 운동이 시작되었을 때 느티 언덕에도 만세를 부르는 사람들이 모여들었다. 멀리 벌판 너머 하남면, 서포면, 양촌면에서도 마찬가지였다. 그 뒤 일본 헌병에 쫓기는 사람들이 많아졌다. 엄마는 그이들을 자신의 품으로 숨겨 주었다. 그러던 어느 날 밤 일본 헌병이 와서 엄마 나무에 불을 질렀다. 엄마 나무가 불에 타는데 내가 할 수 있는 일이 아무것도 없었다. 할 수 없이 몸 밖으로 뛰쳐나갔다. 내가 사람의 몸을 하고 밖으로 나간 적은 그때가 처음이었다. 나는 언덕을 달음질쳐 내려가 마을 사람들을 향해 소리쳤다.

"불이야, 불이야, 당산나무가 불에 타고 있어요!"

집집마다 사람들이 쏟아져 나왔고, 누가 먼저랄 것도 없이 느티 언덕 아래 우물과 개천으로 달려갔다. 남녀노소 모두가 한 줄로 서서 물동이를 날랐지만 날이 밝을 때쯤 엄마 나무는 둥치만 남긴 채 쓰러지고 말았다. 엄마 나무를 당산나무로 모시던 마을 사람들은 느티 언덕에 주저앉아 곡을 했다. 그런데 이듬해 봄이 되자 그루터기에서 싹이 돋았다. 사람들은 그 싹이 당산나무가 자신들에게 주는 희망이라고 믿었다. 엄마 나무가 불에 타고도 10년을 더 버틴 까닭은 내게 알려 줄 것들이 남아 있었기 때문이다. 나는 엄마 나무에게서 숲이 사라진 뒤에도 살아남는 법을 배웠다. 마을 사람들은 엄마 나무를 떠나보내는 제사를 크게 드린 뒤에 내게 금줄을 두르고 나를 당산나무로 삼았다. 내가 느티 언덕의 땅 주인이 된 게 그즈음이다. 그때 일은 자세히 알지 못한다. 그 무렵까지도 인간의 일은 잘 이해하지 못했다.

당산나무가 된 내가 마을 사람들을 위해 할 수 있는 일은 내 몸의 모든 세포를 열어 그들의 이야기에 귀 기울이고, 그들에게 닥치는 위험을 내 몸의 언어로 알리는 것뿐이었다. 우리 식물들이 숲에서 서로 도우며 살아갔듯 사람들도 서로를 도우며 살았다. 마을 사람들은 피란민들에게 내 그늘을 양보하고 그들이 더위를 피해 쉬다 갈 수 있게 도왔다. 집집마다 먹을 게 없어 나물죽으로 끼니를 때우면서도 여름에 수확한 보리를 삶아 가져다주기도 했다. 수시로 숲의 일원으로 살 때를 그리워했지만 사람들 속에 있는 것도 나쁘지는 않았다. 내가 가장 평화로운 때는 아이들을 누여 놓고 간 엄마들을 대신해 산들바람을 불어 줄 때였다. 아기들을 돌보며 나는 마을 공동체와 유대감을 느꼈다.

전쟁이 끝나고 몇 해가 지난 뒤, 대포읍 풍경이 빠르게 변했다. 전쟁 때 불에 탔던 웅등산 언저리에는 해병대가 들어섰다. 산마루와 동쪽 기슭에 남은 숲은 차츰 전쟁 전의 평화를 찾아 갔지만 주변 농지들이 메워지고 집과 공장이 들어서기 시작했다. 그리고 임금님 수라상에 오르던 벼가 자라던 너른 황금벌판에 도시가 세워졌다. 도시를 세우기 전에는 천연기념물인 저어새 서식지를 살리자고 목소리를 높이는 사람들이라도 있었지만 지금은 저어새가 살던 흔적조차 사라졌다. 이제는 저어새뿐 아니라 논에 살던 백로와 강가를 찾던 기러기 떼와 오리 떼, 도요새들도 눈에 띄게 줄었다. 초록빛 물결이 일던 들판 사이로 반짝이던 샛강들은 콘크리트 아래로 사라졌고, 울창한 나무 숲 대신 생긴 아파트 숲에서는『흥부전』의 주인공이었던 제비도 살 수 없게 되었다.

어느 날 대포읍 북쪽 어귀에 있던 400년 된 은행나무와 그 곁의 후계목이 한꺼번에 베어졌다. 은행나무가 울부짖는 소리를 들으며 나도 따라 울었다. 그 은행나무에 깃들어 살던 많은 생명들도 함께 울었다. 그 자리에 대포두레문화센터가 세워지고, 그 옆으로는 대포청소년문화센터와 다문화센터가 들어섰다. 사람들의 공동체를 위해 희생된 나무들 대신 농장에서 키운 어린 은행나무들을 길가에 옮겨 심었다. 그러나 사람들이 주는 비료와 농약으로 자란 은행나무들은 도시의 척박하고 낯선 환경에 적응하지 못했다. 게다가 차량 통행에 방해가 된다고, 또는 간판이 가려진다고 강제로 가지치기를 당한 나무들은 이파리를 제대로 달지 못해 가뭄과 한파에 시들시들 죽어 갔다. 그런 나무들에 비하면 나는 운이 아주 좋은 편이지만, 대포읍의 당산나무로 홀로 살아남은 것이 자랑스럽기보다 미안하고 아프다.

10년 전까지는 해병대 뒤편에 남은 웅등산에서 느티 언덕으로 이어지는 오솔길이 있었다. 그 길 덕분에 밤이 되면 너구리와 멧돼지, 고라니, 혹은 다람쥐, 청설모 들에게 숲의 소식을 전해 들었다. 그런데 웅등산과 느티 언덕 사이에 건물이 하나둘 들어서더니 시가지가 되었다. 몇 년 전에는 노인회가 느티 언덕 북쪽 땅을 주민센터 주차장으로 임대해 주었다. 노인회 회원들이 당산나무인 나를 돌보는 데 쓸 돈을 마련하기 위해서였다. 어느 날 공무원들이 와서 오솔길로 가는 길 끝에다 철문을 달았다. 사람들은 철망을 여닫고 예전처럼 오갔지만 문을 여닫을 수 없는 동물들은 더는 느티 언덕에 오지 못했다. 철망에 난 구멍으로 드나들 수 있는 동물은 사람 말고는 다람쥐와 청설모, 길고양이뿐이었다. 나는 조금씩 도시의 소음에 길들여지고, 어둠이 사라진 밤을 견디는 법도 찾아 가고 있다. 그러나 나는 도시의 속도를 아직 따라가지 못한다.

1부

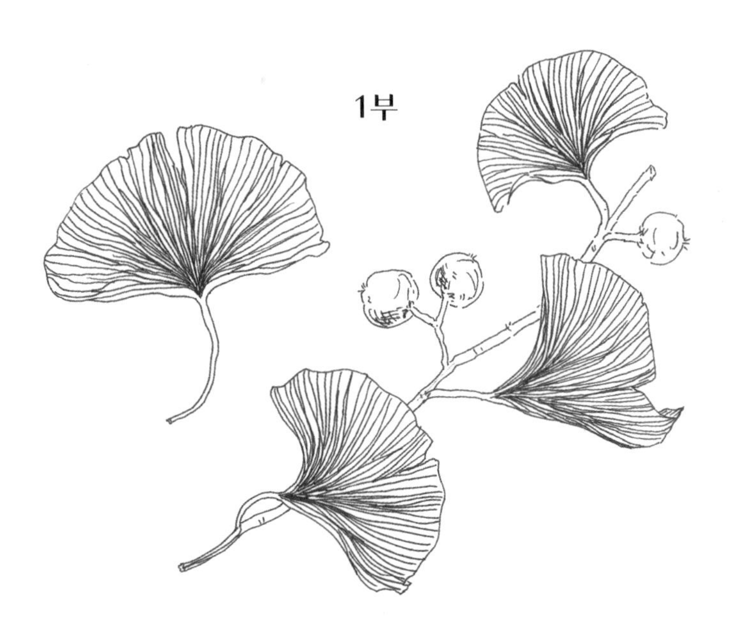

1.

—도훈아, 잘 지내니?

청소년문화센터 댄스 동아리 선생님에게서 문자가 왔다. 작년 연말 온라인으로 발표회를 한 뒤 거의 넉 달 만이었다. 발표회 이후에도 비대면 모임이 있었지만 도훈이는 참여하지 않았다. 댄스 동아리를 비대면으로 하는 건 영 재미가 없었다. 각자 연습한 춤을 짤막한 동영상으로 업로드하고 줌으로 만나는 활동이 낯설고 어색했다. 특히 줌에서는 서로 얼굴을 정면으로 바라봐야 해서 시선을 어디다 두어야 할지 곤란했다. 춤을 알게 되면서 또래 친구들과 어울릴 수 있어 좋았는데 코로나19는 도훈이를 다시 고립시켰다.

—줌에 계속 안 들어올 거야?

—네, 저는 줌이 어색해요.

—나도 그렇긴 해. 그래도 같이하면 좋은데.

—대면으로 할 때 가면 안 돼요?

—뭐 어쩔 수 없지. 근데 도훈아, 혹시 댄스 대회 안 나갈래?

—댄스 대회요?

—응, 청소년 국제 댄스 대회에서 참여 신청 공문이 왔어.

—제가 그런 데 어떻게 나가요.

—온라인으로 열리고, 국제 대회 전에 국내 대회가 있어. 거기는 나가 볼 만하지 않을까? 너희 레인보우 크루도 알릴 겸.

—저희는 그런 데 못 나가요. 청소년 중에도 실력 있는 크루가 얼마나 많은데요.

—작년 너희 영상 1만 뷰가 넘었어.

—'러브 마이셀프' 검색어에 걸려서 들어온 숫자가 반은 될걸요?

—도훈이는 댓글에 그 열화와 같은 반응 못 봤어?

—봤죠. 다문화 꺼져라. 다문화로 감성팔이 하냐.

—왜 나쁜 것만 기억해. 나는 응원하는 댓글이 더 많이 보이던데.

도훈이도 레인보우 크루 영상의 조회 수를 몇 번이나 확인했었다. 기쁘고 우쭐하고 뿌듯했다. 그러나 선생님 말대로 좋은 반응도 있었지만, 그만큼 부정적인 반응도 많았다.

—그리고 이제 레인보우 크루 못 해요.

—왜?

—니카는 축구부 합숙 시작했고요. 금란이는 엄마 아빠가 지방으로 일 다녀서 동생들 봐야 해요. 형 누나 들은 이제 공부할 거래요.

—너희 학년에서 모아 봐. 비대면 대회니까 시간 날 때 모여서 영상만 찍으면 돼. 내가 관장님하고 상의해서 영상 찍는 건 도와줄게.

도훈이는 잠깐 솔깃했지만 아무래도 아이들을 모으는 일은 자신이 없었다.

—할 만한 애들이 없을 거예요. 또 모여서 연습할 데도 없고.

—작년처럼 줌으로 모여서 연습하면 되지.

—그럼 합 맞추기 어려워요.

—너랑 금란이가 주축이 되면 충분히 할 수 있을 거야.

—청소년센터에 고등학생 댄스 크루 있잖아요. 그 형 누나 들이 훨씬 낫죠.

—근데 걔네들 중에는 다문화 애들이 없어서.

—다문화요? 그 대회, 다문화 댄스 대회예요?

—아니, 그런 건 아니야. 나는 레인보우 크루가 우리 지역의 특성을 잘 드러내 준다고 생각하거든. 너희가 퍼포먼스에 담았던 주제도 '러브 마이셀프'라는 캠페인이잖아. 작년에 그래서 더 감동이었거든. 이번 대회 주제가 '팬데믹'이래. 코로나로 인해 더 절실해진 공동체와 연대라는 메시지가 들어가면 좋을 것 같더라고.

—너무 어려운데요?

—아니야, 너희 퍼포먼스가 딱이야. 다만 이번 경연에는 음악은 기존 가요를 써도 되지만 안무는 창작이어야 해.

—어차피 안 할 거지만 한다 해도 창작이라니 말도 안 돼요.

—작년 안무도 BTS 커버로만 한 거 아니었잖아?

—그렇긴 하지만 이젠 니카가 없고, 형 누나 들도 없어서 어려울 거예요.

—난 너희가 다시 뭉쳐서 도전하기만 해도 의미 있다고 생각해.

도훈이 귀에는 센터 선생님이 말하는 '너희'가 다문화 아이들로 들렸다. 도훈이가 아는 '다문화'는 결코 다채로운 문화, 다양한 문화를 뜻하지 않았다. '다문화'는 그저 '루저'를 뜻하는 여러 말 중 하나였다. 그래서 선생님이 말하는 '너희'가 자꾸 귀에 거슬렸다.

—센터로 온 공문을 보고 그냥 넘길 수도 있었는데 너희 팀이 딱 떠오르더라고. 코로나19가 계속되니까 너희 주제가 더 의미 있게 다가오기도 하고. 한번 생각해 봐.

—네, 생각해 볼게요.

—꼭 생각해 보기다.

—네.

2.

사거리는 오늘도 붐빈다. 동쪽 길은 공단으로 가는 차들이 줄지어 있고 남북으로 난 길에도 서울과 인천으로 나가는 광역 버스 몇 대가 밀려 있다. 대포읍 중앙로는 왕복 1차선 도로라 좁은 편이다. 그래서 아침이면 버스와 승용차, 물건을 실은 트럭 들로 길이 막힌다. 도훈이는 호아센미용실 앞 건널목에서 버스 정류장 뒤 오르막길로 접어들었다. 느티 언덕에 있는 노인회관 앞마당은 오늘도 휑하다. 코로나19 전에는 일찍부터 할아버지 할머니 들로 북적거리던 노인회관이 벌써 1년 넘게 닫혀 있다. 도훈이는 마당을 가로질러 부챗살 모양의 가지에 자줏빛 새순이 돋기 시작한 커다란 느티나무의 굵디굵은 기둥 앞에 섰다.

"어서 와."

느티나무 안으로 들어가니 느티 샘이 아침상을 차리고 있었다. 도훈이는 얼른 곁으로 가서 탁자 위에 숟가락을 놓았다. 그 사이 예은이도 느티 샘이 깎아 놓은 사과를 접시에 예쁘게 담았다.

"오늘 아침은 호박죽과 사과."

느티 샘은 직접 요리를 하지 않지만 아침 밥상은 항상 풍성하다. 어떤 날은 야채와 달걀, 치즈가 듬뿍 든 샌드위치, 어떤 날은 바나나, 사과, 딸기에 요구르트를 얹은 샐러드, 어떤 날은 절편과 녹두 지짐이를 겹쳐 만든 국적 불명 메뉴가 등장하고, 김밥이나 어묵, 시리얼과 단팥빵이 올라오기도 한다. 상이 다 차려질 시간이 되자 아이들이 하나둘씩 들어왔다.

"안녕하세요, 샘."

"안녕, 형."

아이들은 마스크를 벗고 식탁에 앉았지만 음식에는 관심을 보이지 않고 느티 샘과 도훈이와 예은이에게 말을 쏟아 내느라 바빴다.

"있잖아요, 느티 샘. 우리 아빠 퇴원한대요."

배달 일을 하는 아빠가 오토바이 사고를 당해 석 달째 병원에 있는 수용, 수영 쌍둥이 형제가 한껏 들떠 있었다. 쌍둥이의 명랑한 목소리에 윤성이도 질세라 말했다.

"있잖아요, 느티 샘. 할머니 이제 일 나가요."

윤성이는 할머니가 다니는 공장에 확진자가 나와서 PCR 검사를 하고 열흘 넘게 집에 있었다. 느티나무 아침 밥상에 오는 아이들은 모두 대포읍 근처에 산다. 밥상에 앉으면 앞다퉈 말을 쏟아 내 밥상이 아니라 수다상이 된다. 느티 샘은 한꺼번에 서너 명이 떠들어도 다 들어 주고 대답까지 해 준다. 예은이도 마리셀과 호아가 양옆에서 서로 자기 말을 들으라고 보채는데도 나긋나긋하게 대꾸해 준다. 그런데 도훈이는 윤성이 말에 귀 기울이는 것만도 벅차다.

"천천히 먹으라고, 제발."

오늘도 가장 늦게 도착한 금란이는 제 동생 영란이와 영훈이를 챙기느라 정신이 없다. 혼자 먹게 놔둬도 될 텐데 금란이는 동생들 먹는 것을 일일이 참견하고 뒤치다꺼리를 해 준다.

"형, 있잖아. 어제 우리, 형 춤추는 거 봤다."

윤성이가 신이 난 목소리로 도훈이에게 말했다.

"내가 춤추는 거? 어디서?"

"유튜브로. 영훈이가 보여 줬어."

"형 짱 멋있어."

윤성이 말에 도훈이가 멋쩍은 웃음을 지었다.

"고마워. 칭찬해 줘서."

"형, 그러니까 이따 밖에서 나랑 같이 게임해 주면 안 돼?"

"그건 안 돼."

도훈이는 윤성이가 떼를 쓸 빌미를 주지 않으려고 단호하게 거절했다. 작년에는 하루 종일 집에서 게임만 했다는 윤성이와 쌍둥이는 느티나무에나 와야 스마트폰을 손에서 내려놓는

다. 느티나무에 오면 데이터가 막혀 스마트폰이 먹통이 되기 때문이다. 동생들은 가끔 도훈이한테도 게임 초청 메시지를 보냈다.

"윤성이는 집에서 게임하지 왜 여기 와? 형이 그렇게 좋아?"

도훈이는 화가 나서 자기를 노려보는 윤성이의 기분을 풀어 주려고 장난스럽게 물었다.

"아닌데?"

윤성이가 어깨를 으쓱했다.

"그럼 왜 와?"

"그냥 여기 오면 마음이 춤을 춰."

도훈이는 생각지도 못했던 대답이었다.

"마음이 춤을 춰? 왜?"

"여기 오면 안 심심하고, 또 같이 놀 사람들이 많으니까."

도훈이는 가끔 윤성이가 시인 같다고 생각했다. 그런데 도훈이가 빈틈을 보이자 윤성이가 눈알을 또록또록 굴리며 말했다.

"형, 이따가 해병대 아래 있는 자동차 정비소에 같이 가 주면 안 돼?"

"왜?"

"그 근처에서 캐릭터 진짜 많이 잡힌대."

도훈이가 대답을 못 하고 당황하자 느티 샘이 손목에 찬 시계를 보고 동생들에게 말했다.

"어허, 이러다 또 지각하겠네."

느티 샘의 꾸중을 들은 척 만 척한 윤성이가 이번에는 느티 샘에게 물었다.

"샘, 아침 빨리 먹으면 이따가 그림책 읽어 줄 거죠?"

느티 샘이 매정하게 고개를 저었다.

"아니요. 아침을 빨리 먹는 건 학교에 늦지 않으려고 그런 거예요. 그걸로 그림책 읽어 달라고 흥정을 하면 안 되죠?"

그 말에 윤성이뿐 아니라 쌍둥이와 호아까지 시무룩해지자 느티 샘이 얼른 덧붙였다.

"그림책은 이따 학교 갔다 와서 한글 공부 열심히 하면 읽어 줄게요."

느티 샘 말이 끝나기 무섭게 입안 가득 음식을 채워 넣는 동생들을 보며 도훈이는 자꾸 웃음이 나왔다. 도훈이는 이 떠들썩한 아침이 아직도 꿈만 같다. 작년에는 하루 세 끼를 거의 혼자 먹었다. 코로나 때문에 비대면 수업이 이어지는 바람에 학교 급식을 하지 않았던 탓이다. 평소에 저녁 8시면 퇴근하던 아빠는 코로나로 빠져나간 이주 노동자의 자리를 메우느라 밤늦게까지 야근을 했다. 그래서 저녁도 혼자 먹었다. 혼자 먹으려니 밥이 잘 안 넘어가서 나중에는 끼니를 거른 때도 많았다.

도훈이는 낯선 음식이 많이 나오는 학교 급식을 별로 좋아하지 않았다. 그런데 막상 급식이 멈추자 급식이 그리워졌다. 잘 먹지 않아서인지 5학년 때 142센티미터였던 키가 6학년까지 겨우 2센티미터 자랐다. 그런데 느티나무에 와서 아침을 먹기 시작한 지 석 달 만에 5센티미터도 넘게 자랐다. 도훈이네 반 친구들은 160센티에서 170센티 사이가 많고 더러는 그보다 큰 아이들도 있지만 도훈이는 5센티미터 자란 것만으로도 기뻤다. 할머니는 도훈이가 키가 작은 것마저 엄마 탓을 했지만 아빠도 키가 작고, 할머니는 더 작다. 도훈이의 목표는 편식하지 않고 운동도 열심히 해서 175센티미터까지 자라는 거다. 그래서 느티 샘에게 코로나19가 끝나더라도 아침 밥상은 계속하자고 말했다.

느티 샘과 아이들이 아침 밥상을 시작한 것은 올 1월 3일이다. 방학 때라 느지막이 일어나 냉장고를 열었는데 먹을 게 없었다. 아니 음식은 있는데 딱히 당기는 게 없었다. 냉동실에 냉동 오리와 냉동 대패삼겹살이 가득 들어 있고, 냉장실에는 할머니가 해 준 김치도 두 통이나 있었지만 먹고 싶지 않았다. 도훈이는 고기가 질릴 줄은 미처 상상해 본 적 없었다. 베트남에서 온 엄마는 한국 음식을 할 줄 몰랐다. 아빠는 엄마가 하는 음식이 입에 맞지 않는다며 주말이면 대형 마트에 가서 냉동 고기와 즉석 밥을 잔뜩 사 놓았다. 도훈이네 세 식구는, 아니 도훈이와 아빠는 늘 고기반찬만 먹었다. 엄마는 대포 시장에서 사 온 반미에 아시아 마트에서 구한 돼지 간으로 만든 파테를 발라 먹거나 김치만 두고 밥을 먹었다.

도훈이는 가끔 엄마가 해 주던 반미 샌드위치가 그리웠다.

그래서 급식 카드를 들고 중앙로 빵집으로 갔다. 도훈이네 아파트 상가와 그 옆 브랜드 아파트 단지에도 빵집이 있긴 하지만 급식 카드 가맹점이 아니라 읍내까지 가야 했다. 빵집에 도착했는데 문 앞에 쌍둥이로 보이는 두 아이가 들어가지는 않고 쭈뼛거리고 있었다.

"왜? 빵 사 먹으려고?"

도훈이가 말을 걸자 아이들이 경계하는 눈빛으로 올려다보았다. 한 아이 손에 들린 급식 카드가 눈에 띄었다.

"나도 그걸로 빵 살 건데, 같이 들어갈래?"

그제야 아이들이 눈을 반짝거리며 물었다.

"형도 결식아동이야?"

그 말에 도훈이는 피식 웃음이 나왔다. 안으로 들어가니 마침 예은이도 빵을 고르고 있다가 뺨을 붉혔다.

"6천 원 한도 내에서 살 수 있으니까 먹고 싶은 거 골라."

"우리도 알거든?"

쌍둥이는 까불거리며 진열대와 냉장고 안을 들여다보았다. 그러나 쉽게 고르지 못하고 빙빙 돌기만 했다. 계산대 앞 사장님이 못마땅한 얼굴로 도훈이와 쌍둥이를 노려보고 있었다. 도훈이가 목소리를 낮춰 물었다.

"그동안 급식 카드로 빵 안 사 봤어?"

둘 다 얼어붙은 표정으로 고개를 끄덕였다. 도훈이는 영하로 내려간 날씨에 양말도 신지 않고 슬리퍼 바람인 두 아이가 마음에 걸렸다. 그래서 자기가 좋아하는 빵을 몇 종류 권해 주고 급식 카드로 결제하는 것까지 도와주었다. 빵을 들고 우물쭈물하던 아이들이 도훈이를 올려다봤다.

"여기서 먹고 가도 돼?"

도훈이는 쌍둥이의 빨갛게 언 발가락을 내려다보고는 사장님 눈치를 살폈다.

"그럴까? 우리 저 누나까지 넷이니까 안에서 먹어도 돼."

그런데 도훈이 말이 끝나자마자 빵집 사장님이 매정하게 으름장을 놓았다.

"너희 가족 아니잖아. 매장에서 못 먹어."

도훈이는 민망해서 얼른 아이들을 데리고 밖으로 나왔다. 예은이도 따라 나왔다.

"어디 살아?"

예은이가 묻자 쌍둥이가 대포 사거리 건너편 아파트를 가리켰다.

"너희도 LH 살아?"

도훈이 물음에 아이들이 고개를 끄덕였다.

"집에 누구 있어?"

두 아이는 동시에 시무룩한 표정으로 고개를 저었다.

"엄마 일 나갔어."

"아빠는?"

"아빠는 병원에. 배달하다 다쳤어."

도훈이가 어떻게 해야 할지 몰라 쩔쩔매자 예은이가 조심스럽게 말했다.

"오빠, 느티 샘한테 갈까?"

"그러자. 애들 동상 걸리겠어."

도훈이는 느티나무 문이 열리는 걸 보고 눈이 휘둥그레진 쌍둥이를 데리고 안으로 들어갔다. 느티 샘은 아이들을 보자마자 담요를 가지고 와 둘러 주었다.

"이 추위에 양말도 안 신고."

쌍둥이는 담요 밖으로 얼굴만 내놓고 물었다.

"근데 아주머니 도깨비예요?"

엉뚱한 질문에 느티 샘이 깔깔깔 소리 높여 웃었다.

"어떻게 알았어? 너희 엄청 똑똑하다."

"예전에 우리 아빠가 그랬어요. 여기 도깨비가 산다고."

쌍둥이의 말에 도훈이가 이야기했다.

"도깨비는 아니고, 느티나무 정령이야."

"정령? 그게 뭐야?"

도훈이가 어떻게 설명할지 곤란해하자 느티 샘이 나섰다.

"도깨비면 어떻고 정령이면 어때? 나는 너희 친구야."

"어른이 우리 친구예요?"

"그럼 어른도 어린이의 친구가 될 수 있지."

"여기서만요?"

"밖에서도 될걸?"

느티 샘의 대답에 딱딱하게 굳었던 아이들 표정이 누그러졌다.

"근데 여기가 아주머니 집이에요?"

"집은 아니고, 나의 일부분이지."

쌍둥이들은 고개를 갸웃거리고는 느티 샘에게 물었다.

"그런데 저 빵 언제 먹어요?"

예은이는 어이없다는 표정으로 빵을 탁자 위에 펼쳤다. 허겁지겁 먹는 쌍둥이를 바라보던 느티 샘이 말했다.

"우리 아침마다 모여서 밥 먹을까? 요즘 보호자들이 출근하고 나면 혼자 먹거나 아예 못 먹는 친구들이 많을 텐데."

예은이가 눈을 반짝였다.

"좋아요."

도훈이가 주위를 둘러봤다.

"그런데 여기선 요리할 수 없잖아요."

"음식은 구하면 되지."

"어디서요?"

도훈이 말에 느티 샘이 쌩긋 웃었다.

"좋은지 싫은지만 말해."

"저야 좋죠."

"저도요."

그날 이후로 매일 느티나무에서 아침 밥상이 열렸다. 처음 며칠은 쌍둥이 형제 수용, 수영이만 오다가 두 아이가 같은 반 윤성이를 데려오고, 느티 샘이 눈여겨봐 두었던 마리셀과 호아를 데리고 왔다. 거기에 예은이와 도훈이까지 일곱 명이 모인 아침 밥상은 항상 푸짐했다. 도훈이는 느티 샘이 아침마다 대포 시장이나 읍내에 있는 빵집과 식당에서 음식을 가져온다는 걸 알았다. 밥상을 시작한 지 보름쯤 지난 어느 날 예은이가 금란이네 삼 남매를 데리고 왔다. 느티나무 안으로 들어와서는 휘둥그레진 눈을 깜박이며 놀란 금란이도 그렇게 다음 날부터 찾아왔다. 느티나무에 오는 아이들은 방학 내내 하루 종일 함께 지냈다. 아침 밥상에는 오지 않지만 도훈이와 금란이 친구인 니카와 니카 동생 요한이, 몽골에서 온 토야와 솔롱거 자매도 느티나무에 왔다. 느티나무 안에서는 바닥을 뒹굴든, 책을 읽든, 다락에 올라가 소꿉놀이를 하든, 뒤뜰에 나가 놀든 누가 뭐라는 사람이 없었다. 방학 때는 느티 샘도 아이들 사이에서 책을 읽거나 뒤뜰로 나가 숲까지 걷다 오곤 했다.

코로나19가 느닷없이 찾아온 뒤 도훈이는 처음 두 달 동안 집 밖으로 나가지 않았다. 초등학교 졸업식이 끝나고 청소년 문화센터 댄스 동아리에 들어 친구들과 어울리는 재미를 붙인 지 얼마 되지 않아 거리두기가 시작되었다. 처음에는 친구들과 몇 번 가 본 코인 노래방이 어른거리고, 청소년센터 지하에 있는 천 원짜리 볼링장에 가서 몸을 풀고 싶어 근질근질했다.

친구들과 어울리는 재미를 몰랐을 때는 집에 혼자 있는 것도 나쁘지 않았다. 아니, 혼자서 노는 게 더 좋았다. 그런데 친구들과 노는 재미를 붙이고 나니 집에만 있기가 답답하고 우울했다. 창밖으로 내려다보이는 벚꽃이 하나둘 피기 시작할 무렵 니카한테 메시지가 왔다.

—김도훈, 너는 왜 느티나무에 안 와? 느티 샘이 놀러 오래.

도훈이는 곧장 느티나무로 달려갔다. 느티나무에는 여전히 아이들이 모여 놀고 있었다. 예전처럼 책을 읽고 수다를 떨고 뒤뜰로 나가 놀았다. 도훈이는 니카한테 왜 진작 알려 주지 않았느냐고 투덜거리려다 말았다. 니카에게 연락해 보지 않은 도훈이 탓도 있었다. 도훈이는 동생들하고 그림책을 뒤적이거나 니카와 뒤뜰에 나가 공을 찼다. 느티 샘은 그림책 외에는 읽지 않는 도훈이와 니카에게 책 읽기를 권했다.

"내가 인간들 사이에 들어와 살 수 있는 건 순전히 책 덕분이야. 나는 내 몸을 이루고 있는 기관을 잎, 줄기, 뿌리라고 부른다는 걸 책을 통해 배웠어. 식물이 태양 에너지를 화학 에너지로 바꾸는 과정을 광합성이라고 한다는 것도 마찬가지고. 너희도 자신에 대해 잘 알게 되면 세상이 다르게 보일 거야."

"우린 우리를 다 알아요."

니카의 말에 느티 샘이 고개를 저었다.

“안다고 생각하는 거지. 진짜 아는 건 아니야. 너희의 권리와 행복을 지키려면 알아야 할 게 많아. 그 앎이 너희의 힘이 되어 줄 거야. 그 힘은 책을 통해 얻을 수 있어.”

도훈이는 웬만하면 느티 샘이 권하는 것은 다 해 보려고 노력하는 편이지만 책 읽기는 쉽지 않았다. 도훈이에게 책은 넘기 어려운 높이뛰기 장대 같았다. 그래서 몇 장 읽다가 머리가 지끈거리고 좀이 쑤시면 느티나무 뒤뜰로 나갔다. 겨울 산을 오르는 시간은 생각보다 재미있었다. 폭신폭신하게 낙엽이 깔린 오솔길을 걷다 보면 가끔 숲에 사는 동물들을 만났다. 겨울잠을 자야 할 너구리가 잠에 취해 비틀거리며 나타났다 사라지고, 회갈색 산토끼가 통통한 엉덩이를 보이고 달아나기도 했다. 눈이 내리면 종아리까지 쌓일 때도 있었다. 그 눈길을 걷다가 고라니 새끼를 만났는데 타원형의 귀와 동그란 눈이 엄청 귀여웠다. 도훈이와 마주치고도 도망가지 않고 한참을 바라보다 눈밭을 겅중겅중 뛰어 올라갔다. 도훈이는 언젠가 책에서 겨울 숲이 고요하다고 쓴 글을 읽고 그 작가는 진짜 겨울 숲에 가 보지 않았다고 생각했다. 아니면 오래 머물지 않았거나. 도훈이가 만난 겨울 숲은 꽤 소란스러웠다. 너구리, 다람쥐는 겨울잠을 자러 들어갔지만 빈 나뭇가지 사이를 날아다니는 작은 새 떼들이 지저귀는 소리와 참나무를 쪼는 딱따구리 소리만으로도 제법 시끄러웠다. 특히 해가 질 무렵이면 빽빽한 숲 곳곳에서 재잘재잘거리듯 지저귀었다. 가끔 말똥가리와 까마귀 떼가 싸우기도 하고, 어딘가에서 찍찍 소리가 나 돌아보면 쥐를 잡은 황조롱이가 날아갔다. 숲은 겨울에도 분주했다. 도훈이는 코로나로 심심하기 짝이 없던 작년 한 해 동안 그 숲에서 봄 여름 가을 겨울을 만났다. 여름에는 느티나무 뒤뜰에서 숲으로 이어지는 길 위에 초록빛 둥근 터널이 드리워졌다. 벚나무와 참나무 잎이 만든 초록빛 터널을 지날 때마다 다른 차원으로 건너가는 느낌이 들었다. 그 느낌이 영 틀린 것은 아니었다. 그곳은 느티 샘의 기억 속에만 있는 숲이었다. 초록빛 그 터널을 지나면 웅등산의 과거로 가는 셈이었다. 6·25 전쟁 전까지는 웅등산에도 늑대와 여우가 살았다는데 이제 기억의 숲에도 늑대와 여우는 살지 않는다. 사라진 동물이나 식물은 느티 샘의 기억에서도 살 수 없다고 했다. 도훈이는 그 숲을 드나들면서 나무와 식물에 관심을 갖게 되었다. 그전에는 은행나무와 느티나무, 대포초등학교의 등나무와 벚나무 정도가 도훈이가 아는 나무의 전부였다. 벚나무도 봄에 꽃이 필 때나 알아보지 꽃이 지고 나면 그게 벚나무인지 이팝나무인지 구별하지 못했다. 그래서 숲에 갈 때마다 도감을 챙겨 가서 나무 공부를 했다. 이제는 수피만 보고도 그게 벚나무인지, 느티나무인지, 참나무 중에서도 상수리나무인지, 떡갈나무인지, 졸참나무인지 구별할 수 있게 되었다. 도훈이는 느티 샘 기억 속의 숲을 언젠가는 현실에서 되살리고 싶었다.

3.

느티 샘을 만나기 전, 도훈이에게 느티나무는 항상 거기에 있는 건물이나 바위 같은 존재였다. 대포읍 어른들은 노인회관 앞마당을 느티 언덕이라고 불렀다. 어떤 사람들은 느티나무를 당산나무라고 했고, 어떤 사람들은 큰 나무, 해 나무라고도 했다. 대포읍에서 태어나 자란 사람이라면 애어른 할 것 없이 느티나무와 얽힌 추억이 있다. 도훈이도 어렸을 때는 할머니를 따라 느티 언덕에 와서 놀았다. 대포읍 당산나무는 키가 크고 가지도 옆으로 넓게 뻗어 한여름이면 그 그늘 아래에서 스무 명 정도는 너끈히 쨍쨍한 햇볕을 피할 수 있다. 도훈이 할머니는 새벽마다 당산나무 앞 제단 위에 물을 떠 놓고 기도를 올렸다. 도훈이 할머니뿐 아니라 대포읍에는 해가 뜨기 전 당산나무 앞에서 기도하는 사람이 많았다. 느티 언덕 동쪽 아래 우물이 마르기 전에는 반드시 거기서 길어 올린 물로 기도를 드렸다고 한다. 그런데 이제는 우물을 콘크리트로 막아 형태만 남아 있다. 할머니는 당산나무에 영험한 힘이 있다고 믿었다. 도훈이는 느티 샘을 알고 나서부터 할머니의 기도가 민망스럽게 느껴졌다. 느티 샘은 들어줄 수 없을 아빠의 재혼이나 도훈이의 서울대 합격을 바라는 기도에 얼굴이 화끈거렸다. 할머니가 공부에 젬병인 도훈이가 좋은 대학에 가게 해 달라고 빈다고 해서 그 꿈이 이루어질 리 없었다. 그래도 도훈이는 할머니를 위해 그런 기도가 아무짝에도 쓸모없다는 말은 하지 못했다. 느티 샘도 그랬다.

"세상 누구도 그런 기적은 만들지 못해. 다만 기도하는 그 마음이 힘을 발휘하는 거지."

그 말을 들으며 도훈이는 문득 엄마가 떠올랐다. 엄마도 이른 새벽 당산나무에 종종 올라갔다. 엄마는 그곳에서 무슨 기도를 했던 걸까.

도훈이 엄마는 베트남에서 왔다. 도훈이 엄마보다 한국에 늦게 온 민용이 엄마는 미용사 시험에 붙을 만큼 한국어를 잘했지만 도훈이 엄마는 그렇지 않았다. 대포읍에는 고향이 베트남인 엄마들이 제법 많다. 한국에 몇 년 살아도 한국어가 서투른 사람이 있는가 하면 프엉빵집의 보라 엄마처럼 손님들과 농담을 할 정도로 잘하는 사람이 있고, 베트남어 통번역사로 일하는 도훈이네 반장 예나 엄마 같은 사람도 있다. 도훈이 할머니는 엄마가 게을러서 한국어를 제대로 배우지 않는다고 했다. 한국말이 서툰 게 게을러서인지 아닌지 알 수는 없었지만 도훈이도 엄마가 답답했다. 엄마한테는 학교에서 속상한 일이 생겨도 털어놓을 수가 없었고 위로받을 수도 없었다. 스마트폰에다 베트남어 번역 앱을 깔았지만 크게 도움이 되지는 않았다. 도훈이 엄마는 선생님이 만든 단체 채팅방에 올라오는 공지를 잘 이해하지 못했다. 그래서 도훈이는 초등학교 1학년 때부터 준비물을 혼자 챙겼다. 도훈이는 엄마한테 자주 짜증을 냈고 그럴 때마다 엄마 얼굴에 점점 그늘이 짙어졌다. 그리고 그 그늘이 엄마의 마음과 몸을 시들게 했다. 어느 날 엄마가 떠났다. 도훈이와 아빠만 남겨 두고. 아빠는 못하는 술을 마시고 할머니한테 원망을 쏟아 냈다.

"이게 다 엄마 때문이야. 도훈이 엄마가 살고 싶어서 떠난대. 도훈이 엄마한테 베트남 말 못 하게 하고, 다문화센터에도 못 가게 해서 우울증에 걸린 거야. 이럴 거면 왜 돈 들여서 장가보냈어. 이제 나는 어떻게 살아."

도훈이는 아빠가 측은하면서도 한심했다. 할머니와 아빠는 각자 자기 슬픔에 겨워 도훈이가 얼마나 외롭고 힘든지는 안중에 없었다. 할머니는 자기 탓을 하는 아빠한테 서운한 마음을 도훈이한테 털어놓고, 아빠는 외롭다고 밤마다 소주를 마셨다.

그날 밤에도 아빠는 거실에서 혼자 소주를 마셨다. 도훈이는 걱정돼서 방에 들어가지도 못하고 거실 한쪽에서 유튜브를 보았다. 그런데 아빠가 슬그머니 일어나더니 겉옷도 입지 않고 밖으로 나갔다. 겁이 난 도훈이는 아빠를 쫓아갔다. 아빠가 비틀거리며 간 곳은 느티 언덕이었다. 당산나무 아래에서 한참을 흐느껴 울던 아빠가 나무를 오르기 시작했다. 몇 번이나 발을 헛디뎌 미끄러졌지만 기어이 올라가 줄기가 갈라지는 곳에 서더니 나뭇가지에 끈을 매달았다. 그제야 아빠가 무슨 짓을 하려는지 알았다. 도훈이가 아빠를 소리쳐 부르며 달려가는데 그 순간 아빠가 땅바닥에 떨어졌다. 그때 갑자기 느티나무 기둥이 열리더니 그 안에서 누군가 나왔다. 도훈이는 귀신을 본 듯 온몸이 얼어붙고 말았다.

"김영만. 이게 무슨 짓이야? 아들이 보는 앞에서."

아빠의 이름을 아는 사람이라니 누군지 궁금했다. 그 사람이 흐느껴 우는 아빠를 놔두고 도훈이에게 다가왔다.

"많이 놀랐지. 잠깐 저 안에 들어가 있을래?"

그제야 그 사람이 2학년 때 도훈이네 반 임시 담임 선생님이었던 느티 샘이라는 것을 알았다. 느티 샘은 어리둥절해 있는 도훈이를 안으로 떠밀었다. 느티나무 안은 은은한 빛과 따뜻한 기운으로 가득 차 있었다. 널따란 실내를 둘러싼 거친 갈색 벽에서 빛이 나오는 듯했다. 둥근 벽을 따라 책들이 쌓여 있고 북쪽을 향해 난 커다란 창문 밖은 캄캄해 아무것도 보이지 않았다. 벽에는 사다리가 기대어 서 있었는데 위로 다락 같은 공간이 이어져 있었다. 도훈이는 이쪽저쪽 두리번거리다가 창문 아래 커다란 소파에 가서 누웠다. 그리고 자기도 모르게 깜박 잠이 들었다. 어디선가 수탉이 우는 소리에 깨어 보니 느티 샘이 탁자 앞에 서서 고소하고 달큼한 냄새가 나는 빵과 따뜻한 차를 가리키며 말했다.

"너무 이른 아침인가?"

"아니요. 저녁을 안 먹어서 배고팠어요."

느티 샘은 도훈이가 빵 먹는 모습을 지긋이 지켜보았다.

"많이 놀랐지?"

"네, 여기에 느티 샘이 사는 줄 몰랐어요. 근데 분명히 당산나무로 들어왔는데……. 제가 꿈꾸는 거죠? 여기가 선생님 집이에요?"

"음, 여긴 내 몸이야."

"네?"

"차차 알게 될 거야. 그리고 나는 아빠 때문에 놀랐느냐고 물은 거야."

"아."

느티 샘이 질문한 까닭을 이해하자 갑자기 뭉클해지며 눈시울이 뜨거워졌다. 도훈이는 애써 눈물을 삼켰다.

"아빠가 죽으려고 한 거 맞죠?"

"술에 취해서 실수한 거야."

"아니에요. 나도 알아요, 그 마음. 나도 죽고 싶거든요."

도훈이 말에 느티 샘의 얼굴이 갑자기 잔주름으로 쭈글쭈글 해졌다. 도훈이가 놀라 쳐다보자 느티 샘이 노여운 표정으로 말했다.

“내가 도훈이 아빠를 더 크게 혼냈어야 했어. 도훈이가 이런 마음을 품게 하다니!”

“아빠 때문에 그런 생각을 한 건 아니에요.”

“아들이 그런 마음을 품게 한 데는 아빠 책임도 있어.”

느티 샘의 말에 마음이 조금 느즈러졌다.

“근데 샘은 우리 아빠를 어떻게 알아요? 오래전부터 알았어요?”

“도훈이 아빠가 도훈이만 할 때부터 알았지.”

“어떻게 알게 됐어요?”

“여기서 만났지.”

“아빠도 여기 와 봤어요?”

“응.”

“어렸을 때 우리 아빠는 어떤 사람이었어요?”

“착했지.”

“착한 건 별로 안 좋은 건데.”

“왜?”

“답답하고 어리석다는 거잖아요. 할머니는 제가 아빠랑 똑같대요. 근데 아닌 것 같아요. 저는 별로 착하지 않거든요.”

“착하지 않다고?”

"네, 저는 위선자예요."

"위선자? 왜 그렇게 생각해?"

도훈이는 잠시 망설였다.

"엄마가 베트남 사람이거든요. 나는 엄마가 창피하고 싫었어요. 그러면서도 아빠랑 엄마가 이혼하는 건 싫었어요. 저는 거의 할머니가 키워 주셨어요. 그래서 엄마 아빠보다 할머니가 더 좋거든요? 그런데 또 엄청 미워요. 엄마가 할머니 때문에 아빠랑 이혼한 것 같아서요. 나한테 아빠가 아주 소중한 사람인데 요즘은 아빠도 싫어요. 아빠도 엄마를 힘들게 했어요. 엄마보다 할머니 말을 더 중요하게 생각했어요. 그래서 저는 엄마, 할머니, 아빠 다 싫어요. 그런데 엄마가 보고 싶고, 할머니랑 아빠는 없으면 안 되고. 그래서 어떨 때는 머리가 너무 복잡해서 그냥 콱 죽고 싶어요. 이제 알겠죠? 내가 왜 위선자인지."

느티 샘이 목멘 소리로 말했다.

"내가 도훈이라면 똑같은 마음이었을 거야."

도훈이는 그 말에 또 울컥할 뻔했지만 눈을 깜박이며 눈물을 참았다.

"도훈이가 이렇게 슬픔을 참기만 하는 걸 알면 도훈이 엄마가 많이 속상하겠다."

느티 샘의 말이 도훈이 귓가에 걸렸다.

"샘, 울 엄마도 알아요?"

"그럼, 도훈이 엄마도 힘들면 여기 와서 나랑 얘기했거든."

"우리 엄마가 샘이랑 얘기했다고요? 엄마 한국말 못하는데요?"

"여기서는 다른 방식으로 대화를 하거든. 그래서 서로 이야기할 수 있어."

귀가 솔깃해진 도훈이가 물었다.

"그래요? 그럼 혹시 엄마가 여기 오면 나도 엄마랑 길게 얘기할 수 있어요?"

"아마도?"

도훈이는 잠깐 눈을 반짝였지만 이내 슬픈 얼굴이 되었다.

"그렇지만 이제 엄마는 못 와요. 진작 알았으면 여기서 엄마랑 얘기했을 텐데……."

"엄마가 왜 못 와?"

"이혼했으니까요."

"이혼한 건 어른들이지 도훈이는 아니잖아. 그리고 여긴 누구나 올 수 있어."

"우리 엄마는 바빠요."

"바쁜 건 어떻게 알아?"

"엄마가 톡을 보내요. 통화는 못 해요. 글로 쓰기도 어려워해서 메시지 보낼 때 이모티콘을 많이 써요. 나는 이모티콘을 보면서 생각해요. 엄마가 날 보고 싶어 하는구나. 슬프구나. 바쁘구나. 그렇게. 우리 엄마 요즘은 참외 농장에서 일해요. 딸기 농장이랑 사과 농장에서도 일했어요. 엄마는 안 쉬어요. 외갓집에 돈을 보내 줘야 하거든요."

"도훈이가 그것도 알아?"

"네, 엄마가 일해서 외갓집에 돈 보내는 것 때문에 할머니랑 많이 싸웠어요."

"엄마는 도훈이가 아무것도 모르는 줄 알았는데 다 알고 있었네."

"샘은 엄마랑 친했나 봐요. 그런 것도 알고."

"그랬지. 엄마는 도훈이가 어려서 아직 모를 거라 생각했어."

"원래 어른들은 애들을 잘 몰라요. 애들은 다 모르는 줄 알죠. 그렇지만 아니에요."

"엄마한테 그런 말을 해 주지 그랬어."

"어떻게요? 엄마가 한국말을 못하는데. 우리 엄마는 왜 한국말을 못 배웠을까요? 답답해요."

"기회가 없었대."

"할머니랑 아빠가 다문화센터에 못 가게 해서요?"

느티 샘이 고개를 끄덕였다.

"하지만 한국어를 꼭 센터에서만 배우는 건 아니잖아요."

도훈이는 엄마가 다문화센터에 못 가서 한국어를 못 배웠다는 말이 핑계처럼 느껴졌었다.

"그렇지. 꼭 다문화센터에서만 배우는 건 아니지. 그래서 도훈이 엄마도 한국어를 배우려고 공장에 취직도 했었대. 회사에서 일하면 자연스럽게 배울 거라 생각하고. 그런데 공장에서는 너무 바빠서 서로 말할 새도 없었대."

"엄마가 한국말 배우려고 공장에 다녔다고요? 외할머니한테 돈 보내려고 다닌 게 아니라요?"

"응, 물론 돈도 필요했지만 한국말을 배우고 싶은 마음이 먼저였대."

"몰랐어요."

도훈이는 엄마와 자기가 가족인데도 서로 아는 게 별로 없었다는 생각이 들어 슬퍼졌다.

"엄마가 다문화센터에 가고 싶어 했던 건 단지 한국말을 배우고 싶어서는 아니었어. 그곳에서 다른 베트남 엄마들 만나서 힘들고 속상한 이야기 털어놓고, 아기 키우는 데 필요한 정보도 주고받고 싶었대. 또 미용이나 네일 아트 같은 기술도 배우고 싶었던 거야."

"근데 할머니는 왜 거기 못 가게 했을까요?"

"외국인 며느리들이 다문화센터에 가면 서로 시댁 욕하고, 남편 비교하고 그런다는 소문이 있거든."

"할머니가 그래서 엄마를 안 보낸 거예요?"

"그런 이유도 있겠지. 그러니 도훈이 엄마는 얼마나 외롭고 답답했겠어. 할머니가 베트남 말은 못 쓰게 하니까 도훈이를 낳고 기저귀를 갈아 줄 때, 젖을 먹일 때, 목욕을 시키고 옷을 갈아입힐 때도 아무 말도 하지 못했대. 도훈이가 옹알이를 하며 반짝이는 눈으로 엄마를 바라볼 때도 옹알이를 따라 할 수밖에 없었대. 그게 너무 많이 속상했대. 혹시라도 도훈이가 말이 느릴까 봐."

도훈이는 갑자기 목이 메었다. 애써 엄마 생각을 참고 있었는데 엄마한테 미안한 마음이 들었다. 꾹꾹 눌러도 자꾸만 눈물이 새어 나왔다. 느티 샘이 말하기 전에도 알고 있었다. 할머니가 엄마를 다문화센터에 못 가게 하고 엄마에게 한국말 못한다고 타박했다는 것을. 그래서 엄마가 몰래몰래 많이 울었다는 것도. 그래도 그냥 모르는 척하고 싶었다. 그래야 마음 놓고 엄마를 원망할 수 있으니까. 아빠는 엄마가 일하러 다니는 걸 안쓰러워했다. 결혼하면 가난한 외가에 다달이 30만 원씩 보내 주기로 했는데 할머니가 그걸 알고 노발대발했다고 한다. 도훈이는 외갓집 식구들을 위해 한국으로 시집온 엄마를 이해할 수 없었다. 엄마가 언젠가 메시지를 주고받다가 말했다.

—나, 아빠 안 미워. 아빠 나쁜 사람 아니. 좋은 사람. 도훈이 아빠, 많이많이 사랑해.

—아빠 안 미운데 왜 이혼했어? 그럼 내가 미웠어?

—아니, 나 도훈이 많이많이 사랑해.

—근데 왜 집 나갔어?

—나 돈 벌어. 베트남 엄마 아빠 아파. 동생들 많아.

도훈이는 그 말이 자신이나 아빠보다 외갓집 식구를 더 많이 사랑한다는 뜻으로 들렸다. 그래서 엄마를 미워해야만 했다. 약속을 지키지 않은 아빠도, 엄마를 힘들게 한 할머니도 다 미워해야만 했다. 그런데 마음속에 미움이 가득해지니까 숨쉬기가 힘들었다. 미움으로 몸이 너무 무거워져서 아무것도 하기 싫어졌다.

"엄마는 베트남 식구들이랑 도훈이와 아빠 사이에서 많이 힘들었을 거야. 그래도 엄마한테 도훈이 마음을 숨기지 말고 다 말해. 미우면 밉다고, 사랑하면 사랑한다고 말해. 어른들은 어리석어서 말하지 않으면 잘 몰라."

그날 느티 샘과 이야기를 나누고 나서 엄마에게 두 달 만에 메시지를 보냈다.

—엄마 사랑해. 보고 싶어.

그러자 곧 답장이 왔다

—도훈 미안해요. 많이많이 미안해요. 사랑해요. 보고 싶어요.

4.

"우리 강아지 밥 먹었어?"

할머니는 도훈이를 아직도 강아지라고 부른다. 중학생이 되었는데도 여전히 아기나 강아지라고 하는 할머니한테 제발 이름을 부르라고 해도 소용이 없다.

"당연히 먹었지. 왜?"

"김치 가져가라고."

"또 김치 했어?"

"비닐하우스에 심은 열무 쇨 것 같아서."

"팔목이랑 어깨 아프다면서?"

"그렇다고 밭에 열무를 버릴 수는 없잖어."

"오일장 열린다며. 거기서나 팔지."

"이미 팔았지. 어제 장날이었잖어. 서른 단이나 팔았어."

"서른 단이나 가지고 나갔다고? 혼자서?"

"카트에 싣고 갔지."

"카트에 서른 단이 다 들어가?"

"아니, 두 번 왔다 갔다 했지."

칡고개에 있는 할머니네서 대포 오일장까지는 왕복 40분 거리다. 어깨, 허리, 무릎에 발바닥까지 안 아픈 데가 없다면서 카트로 열무를 날랐을 할머니를 생각하니 걱정보다 화가 먼저 났다.

"아, 진짜. 무릎 아프다면서. 아빠 출근하기 전에 갖다 달라고 하면 되잖아."

"뭐 하러 그래. 바쁜 사람한테. 괜히 성질 내지 말고 김치나 가지러 냉큼 와."

도훈이는 괜히 미적대다가 할머니가 김치 통을 이고 와 버릴까 얼른 일어났다. 오후 5시가 되었는데도 해가 아파트 꼭대기 위에 걸려 있다. 해가 짧은 겨울보다 긴 여름이 좋았는데 요즘은 하루가 너무 길게 느껴졌다. 그래도 오랜만에 칡고개로 가는 길에 들어서니 기분이 좋았다. 도훈이는 초등학교에 입학하기 전까지는 칡고개 할머니네서 엄마 아빠와 다 같이 살았다. 할아버지가 살아 계실 때는 논 서른 마지기와 칡고개 능선에 밤나무 밭까지 있었다는데 큰아버지와 고모 공부시키느라 다 팔고 남은 건 낡은 집과 200평 남짓 되는 텃밭이 전부다. 텃밭은 할머니의 생계 수단이다. 할머니는 그 밭에서 채소를 길러 장에 내다 판다. 대포읍 오일장은 꽤 크다. 대포 시장과 그 주변으로 좌판이 들어서 농민들이 직접 기른 농작물을 가져온다. 인근에 사는 주민들이 주로 오지만 가끔 도시 사람들이 장날 구경을 하러 오기도 한다. 장날이랑 주말이 겹치면 가까이 사는 이주민들도 많이 온다. 그런데 작년에는 코로나19 때문에 오일장이 거의 열리지 못했다. 게다가 여름 내내 내린 비로 농사까지 다 망쳤다. 올봄에는 할머니가 다시 채소 농사를 지을 수 있도록 도훈이 아빠가 텃밭을 경운기로 몇 번 갈아엎고 비료도 충분히 뿌려 주었다. 밭에서 일하던 할머니는 멀리서도 도훈이를 알아보았다. 도훈이를 따라 집으로 들어온 할머니는 목에 걸었던 수건으로 얼굴에 먼지를 털어 내고 냉장고에서 딸기를 꺼내 씻어 주었다.

"웬 딸기야? 누구 왔었어?"

"어떻게 알았어?"

"할머니가 돈 주고 딸기를 샀을 리는 없잖아."

"귀신같이 알기도 잘 안다. 네 고모가 왔다 갔어."

할머니가 말끝을 흐리는 게 께름칙했다.

"고모가? 왜? 설날에도 안 와 놓고. 무슨 일 있어?"

서울에 사는 고모와 큰아버지는 바쁘다는 핑계로 명절이나 할머니 생신에도 오지 않는다. 어쩌다 하는 연락은 돈 때문이다. 할머니가 세차게 고개를 저었지만 왠지 찜찜했다.

"고모부가 또 사고 쳤대?"

"어른들 일을 그렇게 말하면 못써. 남들이 들으면 버릇없다고 해."

"우리가 실수하면 혼내면서 어른들이 사고 치는 건 모르는 척해야 돼? 솔직히 버릇없는 건 고모부잖아. 만날 사고 치고는 고모 보내서 돈 달라고 하고."

"어른들은 다 말 못 할 사정이 있어서 그래."

할머니 말에 도훈이가 볼멘소리로 따졌다.

"애들은 뭐 사정이 없어? 왜 애들 사정은 묻지도 않아?"

"우리 강아지가 왜 삐딱해질까?"

할머니 목소리가 노여워졌다. 도훈이는 더 하고 싶은 말을 꿀꺽 삼켰다.

"그래서 왜 왔대?"

할머니가 도훈이 눈치를 살폈다.

"여기 아파트 개발한다고 하면 찬성하라고."

도훈이는 사거리와 학교 앞 육교에 걸려 있던 재개발 조합 결성 플래카드가 떠올랐다.

"왜 찬성하래?"

"네 고모 말이, 재개발되면 우리 땅도 신도시만치 오를 거라고."

"땅값 오르면 뭐? 어차피 이 집은 할머니 건데."

"그럼 당연하지. 그러잖아도 내가 난 죽을 때까지 여기서 산다고 했어. 나는 재개발 반대다, 이렇게. 그리고 나 죽고 나면 이 집이랑 땅 다 우리 도훈이한테 준다고 했지."

"누가 내가 갖는대? 할머니 땜에 그러지."

"알지. 알지, 나도."

요즘 대포읍 사람들은 브랜드 아파트가 들어올지 모른다는 읍내 재개발에 관심이 많다. 아빠네 회사 사람들은 도훈이네가 사는 LH 옆에 들어선 브랜드 아파트 덕분에 대포읍 이미지가 달라졌다고 한단다. 그래서 대포 시장과 칡고개 사이에 최고 인기 브랜드 아파트가 들어서면 대포읍 땅값이 전체적으로 오를 거라고 기대한다. 도훈이는 아파트 노래를 부르는 어른들이 잘 이해가 되지 않는다. 이미 대포읍 주변에도 아파트가 넘쳐난다. 멀리 대포 신도시의 아파트 숲은 할머니네 툇마루에서도, 도훈이네 베란다에서도 보인다. 아파트가 이 칡고개까지 들어오면 그나마 남은 숲마저 사라질 거다. 칡고개는 이름처럼 칡이 많긴 하지만 밤나무와 참나무, 벚나무도 많다. 고개라는 이름이 어울리는 높지 않은 산이지만 웅등산 뒤쪽과 이어져 아직도 제법 울창하다. 느티 샘 말로는 고라니와 너구리, 다람쥐와 청설모뿐 아니라 느티나무로 놀러오는 새들의 절반이 칡고개에 산다고 했다. 신도시가 들어서면서 저어새뿐 아니라 백로랑 왜가리도 점점 줄고 있는데 칡고개와 대포 시장 사이의 논까지 아파트가 되면 새들이 살 곳은 더 없어질 거다. 느티 샘을 만나고부터 숲이나 동물에 관심이 많아진 도훈이는 아파트만 늘어나는 것이 못마땅했다.

할머니가 저녁 지을 쌀을 씻으며 한숨을 쉬었다.

"그런데 재개발 조합이 벌써 만들어졌다며? 네 고모 말로는 아파트가 들어서면 이 칡고개에는 체육공원을 만들 거라데? 느티 언덕도 반이 잘려 나가고. 걱정이다."

"느티 언덕은 왜?"

"그리로 아파트 문이 생긴다던데? 혹시라도 당산나무는 안 건드리겠지? 그랬다간 대포읍에 안 좋은 일이 일어날 거야. 예전에도 홍규목 옆에……."

도훈이는 할머니 말을 끝까지 듣지도 않고 벌떡 일어났다.

"할머니 나 밥 못 먹어. 갑자기 갈 데가 생겼어."

도훈이는 밥을 안치려다 놀라 밥솥을 들고 선 할머니를 뒤로하고 느티나무로 달려갔다.

가지마다 자줏빛으로 부풀었던 겨울눈을 밀어낸 새싹이 어느새 느티나무를 연둣빛으로 물들이고 있었다. 도훈이가 홍규목 앞에 서니 문이 열렸다. 안에는 아이들이 꽤 많았다. 금란이가 동생들에게 그림책을 읽어 주다 손을 흔들어 아는 척을 했다.

"샘 뒤뜰에 계셔?"

"응."

느티 샘은 계곡가 조팝나무 아래서 두꺼비와 이야기를 나누고 있었다. 두꺼비가 도훈이를 보고 느릿느릿 나무 뒤로 숨었다.

"도훈이 왔구나. 표정이 왜 그래? 무슨 일 있어?"

"샘, 여기 재개발되면 느티 언덕 반이 잘려 나간대요."

"나도 들었어."

느티 샘이 담담하게 대답했다. 도훈이는 태연한 느티 샘을 보니 더 속이 탔다.

"어떡해요?"

"뭘 어떻게 해? 어쩔 수 없지."

"안 되죠. 그럼 샘은요? 샘은 어떻게 되는데요?"

"모르지. 내 500년 목생이 어떻게 될지?"

"샘, 장난하지 말고요. 어떻게 해야 해요?"

도훈이는 목까지 메어 왔지만 선생님은 여전히 느긋했다.

"내가 어쩔 수 있는 게 아니잖아."

"안 돼요."

"뭐가 안 돼?"

"샘이 없으면 안 돼요. 나는 샘 없으면 안 돼요. 예은이도, 쌍둥이도, 금란이도, 니카랑 요한이도, 윤성이도 또……. 아, 어쨌든 우리는 느티나무가 없으면 안 돼요."

"도훈아, 살아 있는 모든 존재는 언제든 끝이 있는 법이야."

"언젠가는 그렇겠죠. 지금은 안 돼요. 샘이 다치거나 죽으면 나도 못 살아요."

도훈이의 눈에 눈물이 차올랐다.

"도훈아, 갑자기 내가 죽는 것도 아니고, 아직 확정된 것도 아니잖아."

"제가 샘을 지켜 줄 거예요."

"도훈이가?"

"저 혼자가 아니잖아요. 금란이도 있고, 니카랑 요한이도 있고, 예은이도 있고, 동생들도 있잖아요. 우리가 지킬 거예요. 샘이 혼자서는 못 하는 일도 여럿이 함께하면 이룰 수 있다고 했죠?"

느티 샘은 웃고 있었지만 어딘가 쓸쓸해 보였다. 도훈이는 집에 와서 느티 샘을 어떻게 지킬 수 있을지 고민하느라 저녁도 먹지 못했다. 아빠가 퇴근해 냉동 고기를 굽고 즉석 밥을 데워 도훈이를 부를 때까지 꼼짝하지 않았다.

도훈이는 식탁에 앉으며 아빠에게 말했다.

"아빠, 나 다시 레인보우 크루 해야겠어."

피곤에 지친 아빠는 건성으로 고개를 끄덕였다.

5.

도훈이는 며칠 동안 레인보우 크루를 어떻게 모을지 혼자 고민하다 예은이에게 넌지시 물었다.

"신예은, 너 혹시 춤에 관심 있어?"

느티나무 뒤뜰에서 찔레꽃 향기를 맡고 있던 예은이가 반색했다.

"응! 나 노래, 춤 다 좋아해. 작년에 오빠랑 레인보우 크루 춤추는 영상 보고 팬 됐잖아."

"그럼 너도 해 볼래? 레인보우 크루."

예은이가 덴겁해 고개를 저었다.

"아니, 나 노래랑 춤을 좋아하기는 하는데 음치 박치 몸치야. 근데 왜?"

예은이가 도훈이의 아쉬운 표정을 살폈다.

"레인보우 크루 2기 만들어 볼까 해서."

"2기? 원래 하던 언니 오빠 들은?"

"니카는 축구부 합숙이 시작됐어. 중3 형 누나 들은 이제 공부해야 해서 청소년센터 댄동도 그만둔대."

"근데 왜 갑자기 2기를 만들려고 해?"

"대회가 있어."

"무슨 대회?"

"국제 청소년 댄스 대회. 청소년센터 댄동 샘이 알려 줬어."

"그럼 나 같은 애들은 더 안 되지. 혹시 그런 데 나가면 기획사에 뽑히고 그러는 거야?"

"아니야, 그런 거. 순수한 댄스 대회래. 원래는 나도 별로 생각이 없었는데 어떻게든 느티 샘을 돕고 싶어서."

예은이가 눈을 끔벅거렸다.

"느티 샘? 샘한테 무슨 일 있어?"

도훈이는 예은이한테 선생님과 나눈 이야기를 들려주었다.

"그럼 안 되지. 근데 그거랑 레인보우 크루는 또 무슨 상관이 있는데?"

"이번 청소년 댄스 대회는 온라인으로 열린대. 각 팀이 동영상을 찍어 올리면 거기서 열 팀을 뽑아서 한국 결선 대회를 열고 유튜브로 중계한대. 그때 우리 느티나무 얘길 하려고."

"에이, 그게 무슨 도움이 된다고."

예은이가 맥 빠진 표정을 짓자 도훈이의 목소리가 평소보다 커졌다.

"BTS 형들이 한 러브 마이셀프 캠페인도 아미를 통해 SNS로 퍼져 나갔잖아. 6학년 때 우리 담임 선생님이 아미였는데 아미들은 환경, 평화 이런 주제에 관심을 갖고 같이 목소리를 낸대. 작년에 우리 영상 1만 뷰였어. 그 정도면 느티나무 얘기가 알려질 수 있지 않을까?"

예은이는 곰곰이 생각해 보더니 입을 열었다.

"그럴 수 있으면 좋은데, 나는 안 돼. 이제까지 춤 같은 거 한 번도 춰 본 적 없어."

"나도 그랬어. 그래도 너는 아이돌 좋아해서 노래랑 춤 많이 듣고 봤잖아. 나는 5학년 때까지 아무것도 몰랐어."

"에이, 거짓말."

"진짜야."

초등학교 5학년 때 학교 복지사 선생님이 대포초등학교 다문화 학생들 열 명을 다문화 캠프에 보냈다. 내키지 않았지만 학교에서 가라니 억지로 참여할 수밖에 없었다. 속리산 청소년 수련관에 모인 200명 남짓의 아이들은 모두 김포에 사는 초등학생들이었다. 도훈이는 다문화라는 이름으로 모인 캠프가 영 불편했다. 다른 아이들도 시큰둥한 표정이었다. 그런 데다 도훈이와 같은 방을 쓰는 다섯 명이 다 다른 학교 학생들이었다. 낯가림이 심한 도훈이로서는 3박 4일이 막막했다. 첫날은 다들 말없이 잠만 잤다. 그런데 둘째 날 프로그램이 같은 방 친구들과 문장대에 오르기였다. 처음에는 데면데면했는데 힘든 등산을 같이하고 나니 친해져 그날은 새벽까지 게임을 하며 놀았다. 다음 날 아침, 선생님이 캠프 마지막 날에 학교별 장기 자랑을 한다며 준비하라고 했다. 어린이집 재롱 잔치 이후로 사람들 앞에 나서 본 적이 없는 도훈이는 눈앞이 캄캄했다. 다행히 니카와 6학년들이 뭔가를 준비했다. 니카가 우두커니 서 있는 도훈이한테 BTS 노래를 들려주며 춤을 따라 하라고 했다. BTS가 누군지도 모르는 도훈이를 한심해하던 금란이가 동영상을 보여 주었다. 까만 옷을 입은 사람들이 붉은 조명 아래에서 꿈틀거리는 모습을 보는데 이상하게 가슴이 뛰었다. 절도 있는 춤과 가사도 눈과 귀에 쏙쏙 들어와 박혔다. 그렇다고 갑자기 몸이 리듬에 맞춰지지는 않았다. 연습을 하면 할수록 몸이 굳었다. 자기 때문에 장기 자랑을 망칠까 봐 가슴이 졸아들었다.

"안되겠어. 나는 그냥 빠질게."

도훈이가 고개도 들지 못하고 말하자 금란이가 갑자기 큰 목소리로 외쳤다.

"뛰어갈 수 없음 걸어, 걸어갈 수 없음 기어! 너 혼자 하는 게 아니라 우리가 같이하는 거야. 무릎 꿇지 마, 무너지지 마."

금란이는 노래 가사를 그대로 말하는 거였지만 그 말 한마디 한마디가 이상하게 도훈이 가슴에 와 박혔다.

"김도훈, 이 노래는 「Answer: Love Myself」라는 노래거든. 이

것도 들어 봐. 「Not Today」만큼 공감이 될 거야."

그날 도훈이는 밤늦게까지 두 노래의 뮤직비디오를 돌려 보았다. 그동안 도훈이는 자신을 사랑하기가 가장 어려웠다. 베트남에서 온 엄마가 창피하고, 엄마를 울게 만드는 아빠가 원망스러웠다. 그렇지만 누구보다 밉고 부끄러운 건 자기 자신이었다. 아이들은 먼저 말하지 않으면 도훈이 엄마가 베트남 사람인 줄 알지 못했다. 엄마가 서운해할 만큼 도훈이는 성격뿐 아니라 외모까지 아빠를 꼭 닮았기 때문이다. 그런데도 새 학년이 되면 지레 주눅이 들었다. 대포초등학교에 다니는 아이들 셋 중 하나는 이주 배경을 가지고 있었다. 특별한 일이 아닌데도 친구들 사이에 있으면 왠지 긴장이 되었다. 노래 가사를 듣는 순간, 항상 다른 사람들의 시선에 신경 쓰느라 분주하던 자신이 떠올랐다.

도훈이는 밤새 노래를 들으며 잘하든 못하든 장기 자랑에서 빠지지 않기로 마음먹었다. 니카는 6학년들과 함께 BTS의 안무를 자신들에게 맞는 동작으로 바꾸며 새로운 춤을 만들었다. 금란이도 아이돌을 꿈꿨던 만큼 춤 솜씨가 예사롭지 않았다. 도훈이는 4학년 민용이, 요한이와 함께 이를 악물고 동작을 따라 했다. 그러나 자꾸 박자를 놓치고 몸짓이 마음먹은 대로 되지 않았다. 쉬는 시간에 니카가 도훈이를 데리고 강당 밖으로 나갔다.

"도훈아, 잘 봐."

니카가 갑자기 바닥에서 몸을 팽이처럼 돌렸다.

"우아, 멋지다."

"이걸 윈드밀이라고 해. 나 혼자 동영상 보고 배웠어. 나는 이 동작을 하면 내가 바닥에서 점점 위로 올라오는 것처럼 느껴져. 너도 알지? 애들이 나한테 아프리카 거지라고 놀리던 거. 그땐 학교도 가기 싫고 아빠도 싫었어. 그래서 집에서 게임만 하다가 우연히 유튜브로 비보잉을 보고 따라 하기 시작했거든. 나는 춤추면서 바닥에서 일어났어. 내가 보기엔 도훈이 너도 머지않아 그런 느낌을 갖게 될 거야. 오늘은 기본 스텝 가르쳐 줄게."

니카는 몸을 어떻게 써야 할 줄 모르는 도훈이에게 비보잉의 기본인 인디언 스텝, 셔플을 알려 주었다. 처음엔 도저히 불가능해 보였는데 니카 말대로 몸을 어떻게 움직일지 생각하지 않은 채 음악에 집중하다 보니 어느 순간 몸의 움직임과 박자가 맞았다.

"김도훈, 바로 그거야!"

니카가 신이 나서 펄쩍펄쩍 뛰었다. 자기보다 더 좋아하는 니카를 보며 도훈이는 쑥스러우면서도 뿌듯함을 느꼈다. 그런 기분은 난생처음이었다. 처음으로 뭔가를 열심히 해 보고 싶다는 생각이 들었다. 무대에 오르기 전, 급하게 팀 이름을 정했다. 니카가 '레인보우 크루'라고 제안하자 금란이는 다문화라는 게 너무 빤히 드러난다고 투덜거렸다. 그래도 다들 좋다고 하는 바람에 '레인보우 크루'가 되었다.

장기 자랑이 시작되기 전, 6학년들이 화장을 하고 올라가자며 언제 준비했는지 가방에서 화장품을 꺼냈다. 평소에도 종종 화장을 하던 금란이는 안 하겠다는 도훈이를 끌어다 앉혀 완전히 다른 사람으로 만들어 주었다. 도훈이는 거울 속에 비친 김도훈 같지 않은 김도훈이 썩 마음에 들었다. 그날 공연에서 대포초등학교의 레인보우 크루가 가장 큰 박수를 받았다.

캠프에서 돌아온 뒤 무대 위에서의 그 기분이 잊히질 않았다. 도훈이는 춤을 추면서 예전의 자신과 달라졌음을 느꼈다. 그리고 또 달라질 앞으로의 모습에 대한 기대가 생겼다. 도훈이는 거실 텔레비전을 보며 아이돌 춤을 따라 하고, 색조 화장품과 귀걸이 팔찌 같은 것들을 사 모으기 시작했다. 대포읍 건너편 아파트 상가에 새로 생긴 다이소에 가면 꽤 괜찮은 액세서리들을 싼값에 살 수 있었다. 도훈이는 집에서 화장하고 귀걸이와 팔찌를 한 채 혼자 춤을 추며 놀았다.

도훈이는 어린이집에 다닐 때부터 수줍고 소심한 아이였다. 자신을 향한 시선이 느껴지면 상대가 누구든 온몸이 얼어붙었다. 그래서 어린이집 재롱 잔치나 유치원 학예회 때마다 본의 아니게 선생님을 괴롭히는 악동이 되었다. 할머니는 도훈이 아빠도 어린 시절 숫기가 없고 내성적이었다고 했다. 그런데 유치원과 학교에서는 도훈이가 다문화 아이라서 낯을 가린다고 생각했다. 그런 편견이 불편했지만 아니라고 말하지도 못

하고 자꾸 움츠러들기만 했다. 그런 도훈이가 춤 때문에 조금씩 바뀌었다.

6학년 때 담임 선생님은 독특했다. 도훈이만 한 아들이 있는데도 BTS 팬클럽 회원이었다. 그때 처음 아미를 알게 되었다. 처음에는 선생님이 좀 철이 없다고 느꼈다. 그런데 선생님과 함께 「봄날」이라는 노래로 4·16 참사에 대해 공부하고 추모제를 열고 나서 선생님이 왜 아미가 되었는지 이해할 수 있었다. 그다음에는 '러브 마이셀프'라는 캠페인을 배웠다. 학교폭력을 비롯한 모든 폭력에 대한 저항을 담아 시작된 캠페인이었다. 선생님은 모든 종류의 차별과 편견이 폭력이라고 가르쳐 주었다. 러브 마이셀프 캠페인의 첫 수업은 자기의 뿌리를 공부하는 시간이었다. 자신과 부모님, 혹은 조부모님의 고향에 대해 가족들과 대화를 나누고 발표하라고 했다. 담임 선생님은 자기에 대해 알아야 있는 그대로 자신을 사랑할 수 있다고 했다. 도훈이는 가족 얘기가 썩 내키지는 않았다. 게다가 아빠는 엄마 나라 베트남에 대해 아는 게 거의 없었다. 그래서 인터넷에서 대충 자료를 찾아 발표 준비를 했다. 그런데 다른 친구들의 발표를 듣다 보니 뜻밖에도 대포읍 토박이보다 이주민이 더 많았다. 반 친구들의 조부모님 중에는 가까운 강화도, 황해도 연백, 연안, 해주 출신부터 충남 당진, 서천, 충북 괴산, 경북 영주, 칠곡, 강원도 태백, 전북 정읍, 전남 목포, 고흥 출신까지 있었다. 부모님들도 인천, 시흥, 안양처럼 가까운 데서 온 분들이 있는가 하면 일본의 교토, 후쿠시마, 베트남의 호찌민, 동나이, 칸토, 다낭, 캄보디아의 프놈펜, 콤퐁솜, 몽골 비안고비, 울란바토르, 우즈베키스탄 사마르칸트, 나이지리아 아부자처럼 아주 먼 곳에서 온 분들도 있었다. 그날 도훈이는 친구들의 발표를 들으며 원래 남쪽에서는 만두를 먹지 않았다는 것을 처음 알았고, 전라도 사람들이 오랫동안 차별받아 왔다는 것도 처음 알았다. 선생님이 말했다.

"우리는 서로 다 달라요. 가까운 전라도와 경상도도 이렇게 다른데 말이 다르고 생김새가 다른 나라와는 얼마나 다르겠어요. 그러나 다른 건 틀린 것과 달라요. 다르다는 것이 차별의 이유가 되어서도 안 되고요. 우리는 이렇게 대포읍에 모여 살며 서로 차이를 이해하고 함께 살아가는 거예요."

도훈이는 선생님 말씀을 다 이해하지는 못했지만 친구들의 발표에 용기를 얻었다.

"저는 동남아 사람이 아니고 한국 사람이에요. 우리 엄마는 베트남에서 왔고요. 지금은 한국 이름을 가진 한국 사람이 되었지만 원래 우리 엄마 이름은 응우옌 티 안이에요. 베트남은 한국처럼 옛날에 한자를 썼대요. 거기도 우리나라처럼 어른들을 공경하는 문화가 있어요. 우리처럼 쌀이 주식이고요. 베트남은 한국처럼 강대국의 식민지였고 분단국가였어요. 멀리 떨어져 있지만 공통점이 참 많은 나라예요. 요즘은 한국이랑 베트남이 아주 가까워졌대요. 베트남에 한국 회사들도 많고, 한국 사람들이 베트남으로 여행도 많이 가고요. 사람만 왔다 갔다 하는 게 아니에요. 여름에 한국에 오는 백로랑 꾀꼬리는 겨울이면 베트남으로 가요. 베트남과 한국은 여러 이유로 친구나 친척이 될 수 있고 가깝게 지낼 수 있어요."

도훈이는 발표 준비를 하면서야 엄마한테 베트남에 대해 직접 들어 본 적이 없다는 것을 깨달았다. 그래서 엄마한테 미안했다. 니카는 달랐다. 아빠하고 나이지리아에 대한 이야기를 자주 나눈다고 했다.

"나는 피부색은 검지만 아프리카 사람 아니고 한국 사람이에요. 우리 아빠는 나이지리아에서 태어났고 몇 년 전 귀화해서 이제 한국 사람이에요. 그렇지만 나이지리아 사람이기도 해요. 왜냐하면 나이지리아에서 태어나고 자랐으니까요. 오늘 나는 친구들한테 아프리카는 나라가 아니라 대륙이라는 걸 말해 주고 싶어요. 아프리카는 아시아, 유럽처럼 대륙이에요. 우리 아빠는 나이지리아라는 나라에서 왔는데 사람들은 아프리카에서 왔다고 해요. 나는 한국 사람인데도 아프리카라고 하고요. 몰라서 그런 줄은 알지만 그럴 때마다 속상해요. 친구들이 함부로 무시하고 차별하지 않으면 좋겠어요. 나이지리아는 남한과 북한을 합친 것보다 더 큰 나라예요. 여러 부족이 함께 살아가요. 나이지리아도 강대국의 식민지였어요. 그래서 한국이랑 서로 이해할 수 있어요. 우리 아빠는 태권도 선수였어요. 한국 감독님 덕분에 한국을 알게 됐고 한국에 왔어요. 아빠는 대학에서 영어 교육을 전공했어요. 우리 아빠는 지금 영어 학습지 선생님을 하고 있어요. 그런데 어떤 사람들은 아빠한테 아프리카에도 대학이 있는지 묻는대요. 나는 사람들이 아프리카와 나이지리아에 대해 공부를 하면 좋겠어요. 내 꿈은 축구 국가 대표가 돼서 한국과 나이지리아가 가까워지도록 돕는 거예요."

니카는 발표 내내 당당했다. 니카는 초등학교 3학년 때까지 도훈이보다 더 놀림을 받았다. 검은 피부색 때문이었다. 그런데 4학년 때 축구부에 뽑히면서 좀 달라졌다. 학부모 중에는 니카가 학교 대표 선수가 되는 걸 못마땅해하는 사람도 있었지만 니카의 실력에 반대하지는 못했다. 니카는 자기 힘으로 당당하게 대포초등학교의 대표 선수가 되었고 중학교에 가서도 축구를 계속했다. 도훈이는 자기 이야기를 부끄러워하지 않고 발표하는 그런 니카가 부러웠다.

중학교 입학을 앞두고 금란이와 니카가 청소년문화센터에서 댄스 동아리를 모집한다며 같이 하자고 했다. 대포읍에 사는 청소년은 누구나 들 수 있었고 해마다 신입 회원을 뽑았다. 자신이 없어 망설이는 도훈이를 니카가 북돋웠다.

"김도훈, 너 춤 계속 춰 봐. 소질 있어 보여."

소질 있다는 말은 처음 들어 봤다. 다른 사람도 아닌 니카가 그 말을 해 줘서 더 마음이 움직였다. 졸업식 때 만난 담임 선생님도 도훈이에게 말했다.

“도훈아, 러브 마이셀프 캠페인 잊지 말고 이어 가기다. 그리고 도훈이 춤 잘 추더라. 대포청소년센터에 내 친구가 있거든. 그 친구가 댄스 동아리 담당자야. 이번에 신입 회원 모집한다니까 한번 들어 봐.”

도훈이는 더 망설이지 않고 동아리에 가입했다. 중등부 선배들이 반갑게 맞아 주며 난생처음 코인 노래방도 데려가고, 센터의 다양한 프로그램을 안내해 주었다. 든든한 뒷배가 생긴 느낌이었다. 그런데 코로나 때문에 2월 말부터 센터가 문을 닫고 동아리 활동도 멈췄다. 댄스 동아리는 2학기에야 비대면으로 재개되며 온라인 댄스 대회를 연다는 소식이 들렸다. 도훈이는 관심이 없었지만 상금으로 문화 상품권을 준다는 말에 솔깃했다. 그땐 니카도 축구부 합숙을 못할 때라 다문화 캠프에서 함께했던 형들이랑 팀을 만들었다.

레인보우 크루로 다시 모였는데 당연히 같이 할 줄 알았던 금란이가 안 하겠다고 선언했다. 형 누나 들이 설득에 실패해 도훈이와 니카가 금란이를 만났다. 대포 시장에서 하던 마라탕집이 문을 닫은 뒤 금란이네는 대포읍과 하정면 경계에 있는 농공 단지 앞 빌라로 이사 갔다. 학교에서 2킬로미터나 떨어진 곳이었다. 도훈이와 니카가 메시지를 보내도 답이 없더니 친구들이 집 앞에서 30분이나 기다린 뒤에야 나왔다. 금란이는 부루퉁한 얼굴로 투덜거렸다.

"거리두기 몰라? 왜 집까지 와?"

"네가 메시지에 대답이 없으니까."

"안 한다고 말했잖아."

"너 빠지면 레인보우 크루 못 해."

"동생들 봐야 해."

"이제 어린이집도 문 열었잖아."

그러자 이번엔 엉뚱한 소리를 했다.

"내가 들어가면 너희 레인보우 애들까지 다 욕먹어."

니카가 정색했다.

"무슨 뚱딴지같은 소리야? 우리가 왜 너 때문에 욕을 먹어?"

"다 알잖아. 우리 식당 왜 문 닫았는지."

도훈이는 금란이 말이 무슨 뜻인지 알면서도 시치미를 뗐다.

"대포읍에 장사 안 돼서 문 닫은 식당 많아. 햄버거집 2층 미얀마 식당도 문 닫았고, 토털패션 2층 베트남 식당도 문 닫았어."

"그 식당들이랑 우리랑 같냐?"

"뭐가 달라?"

"모르는 척하지 마. 애들이 채팅방에 내 욕이랑 우리 엄마 아빠 욕까지 한 거 다 알잖아."

니카가 한숨을 쉬며 말했다.

"알지. 그런데 그거 사실 아니잖아. 코로나가 네 책임도 아니고. 다 알잖아, 우리는."

"너희만 알면 뭐 해? 중국으로 꺼지라는데."

새무룩해 있는 금란이를 도훈이가 쩔쩔매며 달랬다.

"그러는 애들 몇 명 안 돼. 다른 애들도 걔네가 하는 말 나쁜 말인 줄 알아."

"욕은 안 해도 내가 지나가면 피하고 인상 쓰는 애들 있어."

"장난이겠지."

"야, 그런 구분도 못 하는 줄 알아? 너희는 안 당해 봐서 몰라. 그 눈빛이 얼마나 기분 더러운데."

금란이 말에 니카가 버럭 화를 냈다.

"대포초등학교에서 나하고 내 동생만 흑인이었어. 그런 말 나도 똑같이 들었어. 아프리카로 가라는 말 한두 번 들은 게 아니야. 병원에 가지? 어른들도 그래. 아프리카 사람까지 의료보험 해 줘서 자기들이 손해 본다고. 넌 코로나 때 잠깐 당한 거지만 난 어린이집 다닐 때부터 그랬어."

금란이가 눈을 내리깔았다.

"그렇지만 이제는 너한테 안 그러잖아."

"그러건 말건 신경 쓰지 마. 그런 거 신경 쓰면 우리 같은 애들은 집에 처박혀 있어야 해. 싸우지 않고 도망가면 아무 데도 갈 데가 없어. 아무것도 못 해. 이금란, 네가 좋아하는 BTS 노래에도 나오잖아. 너 초등학교 때 우리 중에 제일 셌잖아. 왜 갑자기 약해졌어."

금란이가 끝내 눈물을 쏟았다. 도훈이는 금란이에게 무슨 말을 해야 할지 몰라 발만 동동 굴렀다. 그런데 니카가 도훈이에게 말했다.

"김도훈, 그냥 가자. 나는 문상이 아까워서 같이 하려 했는데."

그 말에 갑자기 금란이가 눈물을 훔치며 물었다.

"문상? 문화 상품권?"

니카가 무심한 척 답했다.

"대상 받으면 문상 30만 원어치 준대. 너까지 하면 여섯 명이니까 만 원짜리 다섯 장씩 가질 수 있어."

"문상을 다섯 장씩 가질 수 있다고?"

"응."

금란이가 몸을 고무락거리다가 말했다.

"대상 받으면 문상 주는 거 확실하지?"

"응, 공지 떴어."

"그럼 할게. 문상 다섯 장이 어디야. 이번에도 다문화 애들만 모여?"

"거의."

그 말에 금란이 얼굴이 굳었다. 니카가 다시 한번 나섰다.

"그게 어때서? 우리 다문화 맞잖아. 그리고 솔직히 대포읍 사람들 다 다문화 아니냐? 6학년 때 샘이 그랬잖아. 우리 대포읍 사람들 모두 다문화라고. 대포초등학교 학생들이 다 다문화인 거라고."

"그건 나도 알아. 우리 아빠가 그랬어. 우리 아니면 집도 못 짓고, 아픈 사람들 돌볼 수도 없고, 채소랑 과일도 못 먹고, 생선도 못 먹고, 돼지고기 소고기 치킨도 못 먹는다고. 한국은 진짜 다문화 사회인데 사람 인식만 다문화가 아니라고."

금란이 말에 니카가 맞장구를 쳤다.

"맞아, 그러니까 우리가 보여 줘야지. 우리 모두가 다문화다. 우리를 그렇게 대하지 마라. 우리가 여기 있다. 우리는 기죽지 않는다. 우리는 물러서지 않는다."

니카가 가슴을 팍팍 치기까지 하며 너스레를 떨자 금란이가 피식 웃었다.

"이금란, 마음 바뀌면 안 돼."

"알았어. 난 한번 한다고 하면 꼭 해."

"그래, 그래야 이금란이지."

니카가 금란이 앞으로 엄지를 들어 올리며 까불거렸다. 금란이는 니카에게 눈을 흘기면서 물었다.

"노래는 뭐 할 거야?"

도훈이가 한결 밝은 목소리로 대답했다.

"다문화 캠프에서 했던 거. BTS의 「Not Today」랑 「Answer: Love Myself」."

그렇게 다시 모인 레인보우 크루는 1등을 했고, 공연 영상은 조회 수가 1만 회가 넘었다.

6.

예은이가 레인보우 크루의 영상을 처음 본 것은 새봄이네 서점에서 비대면 수업을 할 때였다. 예은이의 유일한 취미는 유튜브로 아이돌 브이로그나 뮤직비디오, 공연 영상을 보는 것이었다. 유명한 가수들의 춤과 노래를 그대로 커버한 영상도 몇 번 본 적이 있었다. 그런데 레인보우 크루의 춤은 그런 커버 영상과 달랐다. 절실한 눈빛이 와닿았다. 노래 가사처럼 절대 우리는 무너지지 않을 거라고 외치는 듯한 몸짓이었다. 예은이에게 특히 눈에 띈 아이는 도훈이였다. 도훈이는 다른 친구들에 비해 키가 작고 말랐는데도 힘이 느껴졌다. 그래서 느티나무 안에서 도훈이를 처음 만났을 때 마치 아이돌을 본 듯 가슴이 뛰고 떨렸다. 그런 도훈이가 예은이한테 같이 레인보우 크루를 하자고 했다. 못 할 줄 뻔히 알면서도 예은이는 해 보고 싶었다. 도훈이 때문인지, 느티 샘을 위해서인지는 분명하지 않았지만 자꾸 끌렸다.

예은이가 대포초등학교로 전학 온 건 6학년 때였다. 그 전에는 부평에 있는 오래된 빌라에서 엄마와 살았다. 아빠는 예은이가 유치원에 다닐 때까지 집을 들락거리다가 아예 발길을 끊었다. 어린이집에 다닐 때는 퇴원 시간이 다가오는 게 무서웠다. 집에 가면 술 취한 아빠의 폭언과 폭력이 기다리고 있었기 때문이다. 아빠가 더는 집에 오지 않게 되었을 때 예은이는 비로소 안도했다. 그런데 아빠의 폭언과 폭력을 엄마가 이어받았다. 아빠만 없으면 행복해질 줄 알았던 예은이는 자주 집 밖으로 쫓겨났고 더러는 집 안에 홀로 갇혔다. 엄마는 예은이만 아니었다면 자기 인생이 그렇게 엉망이 되지 않았을 거라고 했다. 태어나고 싶어서 태어난 것도 아닌데 엄마는 예은이가 자신을 괴롭히기 위해 세상에 나온 듯이 여겼다. 그래서 예은이는 자기가 태어난 것을 큰 잘못이라고 느꼈다. 예은이는 외갓집에 갈 수 있는 명절이 오기만 기다렸다. 외할머니는 예은이를 반겨 주고 예뻐해 주는 유일한 사람이었다. 고생하는 예은이를 보며 외할머니는 딸을 제대로 가르치지 못한 자신을 탓했다. 그런 말을 들으면 오히려 외할머니가 불쌍했다.

코로나19가 시작되고 얼마 안 돼서 엄마는 일자리를 잃었다. 엄마가 일하던 시내에 있는 큰 식당에 손님이 끊겼다고 했다. 엄마의 짜증이 늘었고 예은이를 향한 폭언도 점점 심해졌다. 집을 비우는 날도 많아졌다. 어느 날부터 스마트폰이 되지 않더니 와이파이도 끊겼다. 비대면 수업을 시작한다는 안내 문자를 받았지만 인터넷이 먹통이 되어 버렸다. 집주인이 와서 월세를 재촉할 때마다 엄마는 숨고, 예은이는 엄마가 시키는 대로 거짓말을 했다. 빌라 옆 개천가 벚나무에 꽃이 필 무렵, 엄마가 캐리어를 끌고 나가며 만 원짜리 여섯 장을 주었다.

"이걸로 며칠 지내."

"어디 가는데?"

"돈 벌러."

"어디로?"

"몰라. 만약에 내가 안 오면 드림스타트 선생님이나 할머니한테 연락해."

"전화가 안 되는데?"

"지하철역에 가면 와이파이 되잖아."

"전기도 끊기면?"

"그 전에 올게."

예은이는 엄마가 나가고 닫히는 현관문을 보며 생각했다.

'그래도 쌀 떨어지기 전까지는 돌아올 거야.'

엄마는 예전에도 자주 집을 나갔고 며칠 있으면 돌아왔다. 그러나 이번엔 열흘이 지나도록 돌아오지 않았다. 보름이 지나고 수중에 천 원짜리 세 장과 동전 몇 개만 남았다. 어느새 벚꽃이 지고 연둣빛 이파리들이 햇빛에 반짝였다. 예은이는 지하철역으로 가서 선생님한테 메시지를 보냈다.

—저 전학 가요.

다음 날 새벽 집을 나와 버스 정류장으로 갔다. 대포읍까지 가는 첫차가 부평역에서 새벽 4시 40분에 출발한다고 했던 기억이 났다. 정확히 4시 50분이 되자 버스가 도착했다. 첫차인데도 승객이 적지 않아 놀랐다. 예은이는 어른들이 의심이라도 할까 봐 통화가 안 되는 전화기를 귀에다 대고 말했다.

"엄마, 출발했어. 할머니네 도착하면 연락할게."

1시간 반 뒤 버스가 대포읍에 들어섰다. 버스에서 내렸을 때는 이미 날이 밝아 있었다. 너무 이른 시간이라 거리에 인적이 없을 줄 알았는데 인력 사무소마다 사람들이 서너 명씩 모여 있었다. 정류장 주변에 인력 사무소가 열 곳도 넘었다.

"오늘 일 없어요?"

예은이는 서툰 한국어로 묻는 남자의 목소리를 들으며 대포분식으로 발길을 돌렸다. 대포분식은 셔터가 내려져 있었다. 할머니는 2층에서 장사 준비를 하고 있을 터였다. 당장 2층으로 올라가 할머니 품에 안기고 싶었지만 할머니가 크게 놀랄까 봐 참았다. 가게 문을 열 때까지 기다려야 할 텐데 갈 곳이 마땅하지 않았다. 가끔 들렀던 평화서점도 아직 닫혀 있었다. 그 순간 언젠가 할머니와 가 본 적이 있는 성당이 떠올랐다. 문을 연 가게는 편의점과 군인들 명찰을 달아 주는 마크사 몇 곳뿐이었다. 앞만 보고 걷다 보니 금세 대포읍 사거리였다.

성당으로 가려다 할머니와 함께 아이스크림을 먹었던 느티 언덕의 평상이 생각나 발길을 틀었다. 주위에 건물이 없어서인지 바람이 꽤 서늘하게 느껴졌다. 예은이는 바람을 피해 느티나무 기둥에 기댔다. 몸이 따뜻해져 왔지만 점점 처량한 기분이 들었다. 엄마가 떠난 뒤 이를 악물고 울지 않았는데 갑자기 서러움이 밀려왔다. 그때 뒤쪽에서 미닫이 열리는 소리가 나서 돌아보니 나무 기둥에 문이 열려 있었다. 순간적으로 너무 놀라 뒷걸음질을 쳤지만 그 안이 궁금했다. 그래서 조심스럽게 나무 안으로 발걸음을 옮겼다. 한 아주머니가 예은이에게 들어오라 손짓했다. 예은이는 꿈을 꾸는 것 같았다. 꿈이라도 좋았다. 어딘가에 몸을 누이고 쉬고 싶은 마음에 창문 아래 소파에 누웠다. 꿈이라면 좀 자도 상관없을 듯했다. 얼마나 자다 일어났을까. 눈을 뜨고 일어나 보니 아까 그 아주머니가 탁자 위에 있는 빵과 따뜻한 차를 가리켰다.

"아침도 못 먹었지?"

예은이는 그제야 허기가 느껴졌다. 전날 아침에 편의점에서 컵라면을 먹은 것이 전부였다.

"체할라, 천천히 먹어."

예은이는 자기가 허겁지겁 입에 빵을 쑤셔 넣고 있다는 걸 깨닫고 왈칵 눈물이 쏟아졌다. 왜 또 갑자기 울음이 터졌는지 스스로도 알 수 없었다. 한번 터진 울음이 멈추질 않았다. 아주머니가 다가와 예은이의 어깨를 가만히 쓰다듬었다. 포근하고 부드러웠다. 차츰 울음이 가라앉고 마음이 느긋해졌다.

"저, 여기가 어디예요?"

"느티나무."

"아주머니 집이에요?"

아주머니가 빙그레 웃었다.

"응, 그런 셈이지. 이름이 뭐야?"

"신예은이요."

"대포읍에서 보던 친구는 아닌데 어떻게 여기까지 왔어?"

예은이는 조심스럽게 자기 이야기를 털어놓았다. 다 듣고 난 아주머니가 말했다.

"고맙고 대견하다. 견뎌 줘서. 예은이는 참 강한 아이구나. 반가워. 언제든지 와서 쉬다 가도 돼."

고맙다, 대견하다, 반갑다. 한 번도 들어 보지 못한 말들이었다. 예은이는 언제든지 와서 쉬다 가도 된다는 말에 다시 눈시울이 뜨거워졌다.

"여기 들어오려면 어떻게 해야 돼요? 저 밖에서 불러요? 아니면 초인종이 있어요?"

"그냥 오면 돼. 예은이가 오면 문이 열릴 거야."

주방에서 파를 썰고 있던 할머니는 예은이를 보자 칼을 내려놓고 달려 나왔다.

"어쩐 일이야? 왜 혼자 왔어? 네 엄마는?"

예은이는 할머니 앞에서는 울지 않기로 다짐을 해 놓고는 또 울음을 터뜨리고 말았다. 이야기를 들은 할머니는 예은이의 머리카락만 하염없이 쓰다듬었다.

"할머니가 미안해. 다 내 탓이다, 내 탓."

할머니는 가게 문을 닫고 예은이와 예은이가 살던 집으로 갔다. 가방에 짐을 챙기는데 집주인이 와서 월세가 반년치나 밀렸다고 했다. 할머니는 몇 번이나 고개 숙여 사과했다. 보증금에서 월세를 제하고도 모자라 집세를 더 내야 했다. 다음 날 예은이는 대포초등학교로 전학을 왔다. 비대면 수업이 시작된 지 2주나 지나도록 로그인 기록이 없는 예은이를 애처롭게 내려다보던 담임 선생님은 예은이를 학교 복지사 선생님에게 보냈다. 복지사 선생님은 드림스타트 선생님을 연결해 주었고 비대면 수업을 들을 수 있게 태블릿도 빌려주었다. 그런데 할머니나 예은이나 비대면 수업을 받는 방법을 듣고도 이해하지 못했다. 속을 끓이던 할머니는 예은이를 데리고 평화서점으로 갔다. 사장님은 사정을 듣고 대포분식에 인터넷 설치 신청을 해 주었다. 그리고 며칠간은 서점에서 수업을 들으라고 했다. 사장님 딸 새봄이는 예은이에게 태블릿을 켜고 클래스팅에 접속하는 법을 꼼꼼히 알려 주었다.

"너희 집에 인터넷 깔려도 여기서 같이 공부하자."

예은이는 새봄이가 그렇게 말해 줘서 좋았다.

코로나19로 할머니 가게도 피해가 컸다. 대포분식은 가게가 좁아 예전부터 포장해 가는 손님이 많았다. 그런데 코로나 때문에 직접 사러 오는 사람도 줄어들었다.

"할머니, 우리도 배달 해."

"배달료 내면 남는 게 없어. 우리는 고춧가루도 국산만 쓰고, 떡도 국산 쌀만 쓰잖아."

"그럼 할머니도 수입산 써. 튀김도 공장 거 쓰고. 애들은 상관 안 해. 그냥 맛만 있으면 돼."

"양심껏 해야지. 단골 장산데."

"지금은 단골도 안 오잖아."

"코로나 땜에 그러지."

대포읍 사람들도 이제 거의 떡볶이를 체인점에서 주문해 먹었다. 예은이가 걱정하자 새봄이가 말했다.

"메뉴를 업그레이드해야 해. 치즈 떡볶이도 팔고 튀김도 다양하게 하고. 그럼 배달 안 해도 지금보다 손님 많을걸?"

"우리 할머니는 만날 국산, 국산만 찾아."

새봄이가 웅변하듯 덧붙였다.

"신예은 씨, 이 대포읍에서는 무조건 국산이 좋은 게 아닙니다! 다양성, 다양성이 중요합니다!"

그러더니 눈을 반짝였다.

"우리가 메뉴 개발 좀 해 볼까?"

"메뉴 개발?"

"응, 대포읍 식당 손님 절반은 외국인이야. 외국 사람들은 매운 걸 잘 못 먹잖아. 솔직히 나도 매운 거 못 먹거든. 그렇지만 로제 떡볶이만 먹기에는 또 느끼하단 말이야. 빨갛지만 안 매운 메뉴를 개발하는 거지. 그리고 외국 사람들 취향에 맞게 베트남 스프링롤, 인도 만두 사모사 같은 것도 파는 거야."

"그런 건 어디서 사? 비싸잖아."

"휘린마트 가면 다 팔아. 비싼 건 조금씩 팔면 되지."

할머니는 처음엔 예은이와 새봄이 얘기를 들은 척 만 척했다. 그런데 언젠가부터 밤늦도록 주방에서 나오질 않았다.

"할머니 뭐 해?"

"안 매운 소스 개발하고 있다."

"우아, 우리 말대로 해 보려고?"

"그래. 가끔 외국 사람들이 와서 안 매운 거 없냐고 묻더라. 한번 해 보지 뭐."

"할머니 꼭 요리 연구가 같아."

"나도 왕년에 음식 솜씨 하면 알아줬다. 그래서 이 분식집 열 생각을 했던 거지. 내가 맛있는 떡볶이 만들어 볼 테니 네가 맛봐 줘. 이게 잘돼야 우리 예은이 대학까지 보내지."

"응, 알았어."

새봄이는 예은이한테 할머니 얘기를 듣고 제 일처럼 반가워했다. 새봄이의 머릿속에는 온갖 정보와 지식이 꽉꽉 들어차 있었다. 어떻게 그렇게 아는 게 많은지 물으면 새봄이의 대답은 늘 똑같았다.

"책 읽기. 나는 책이 세상에서 가장 재미있거든."

예은이는 그 말이 잘 믿어지지 않았다. 아무리 책을 좋아하려 해도 좋아지지 않았으니까. 예은이는 이제까지 새봄이처럼 책을 좋아하는 애는 본 적이 없었다. 그런 새봄이가 자기 친구라고 생각하면 어깨가 으쓱해졌다. 예은이에게 친구는 신상 스마트폰, 자기만의 방, 브랜드 신발, 자전거보다 더 갖기 힘든 거였다. 초등학교 1학년 때 누군가가 예은이한테서 냄새가 난다는 소문을 퍼뜨렸다. 그러자 다른 아이들도 예은이를 멀리했다. 그 소문은 2학년, 3학년까지 이어졌다. 4학년 때 담임 선생님은 소문을 모르는 척하지 않았다. 선생님은 예은이한테 냄새가 난다고 놀렸던 아이들을 불러 무슨 냄새가 나는지 물었다. 그러자 아이들은 그냥 장난이었다고, 한 번도 냄새를 맡지 못했다고 고백했다. 예은이는 그 아이들이 이제껏 장난으로 놀리고, 장난으로 따돌리고, 장난으로 욕했다는 말에 너무 슬프고 속이 상했다. 선생님의 중재로, 따돌리고 놀렸던 아이들의 사과를 받았다. 하지만 그때부터 예은이는 자기 몸에서 진짜 냄새가 나는 것 같았다. 엄마 말대로 모든 것이 자기 탓이라 여겨졌다.

"신예은, 너한테 아무 냄새도 안 나. 걱정 마."

모르는 게 하나도 없는 새봄이에게 냄새가 나지 않는다는 말을 듣고서야 예은이는 비로소 자신한테 아무 냄새가 안 난다는 걸 믿게 되었다. 예은이는 새봄이가 있어서, 밤마다 할머니 품에서 잠들 수 있어서 행복했다. 그날 새벽 집을 나와 대포읍으로 온 자신의 선택이 기껍고 자랑스러웠다.

그로부터 몇 달이 지난 뒤였다. 학교 복도에서 한 선생님이 예은이를 보고 아는 척을 했다. 누군지 몰라 꾸벅 인사만 했는데 선생님이 마스크를 내렸다 올리며 말했다.

"예은아, 나야."

대포읍에 처음 왔을 때 느티나무에서 만났던 아주머니였다.

"선생님이셨어요?"

"응. 6학년 3반 임시 담임이야. 그동안 왜 안 왔어? 한번 놀러 와. 또 보자."

새봄이가 지나가며 물었다.

"너 느티 샘 알아?"

"아니. 저분이 느티 샘이야?"

"응. 원래 이름은 홍규목인데 그냥 느티 샘이라고 불러."

예은이는 느티 샘이 궁금해졌다. 그래서 방과 후에 느티나무로 향했다.

7.

느티 샘 말대로 예은이가 나무 앞에 서자 저절로 문이 열렸다. 느티나무 안에는 뜻밖에도 아이들이 꽤 많았다. 예은이 또래뿐 아니라 더 어린 동생들이나 중학생들도 있었다. 다들 예은이를 보고도 특별히 아는 척을 하지 않았다. 예은이는 주위를 두리번거리다가 창문 옆으로 난 문을 열었다. 문을 열자마자 단풍이 들기 시작한 나무들이 눈에 들어왔다. 뒤뜰은 계곡과 맞닿아 있었는데 물가에는 분홍색과 하얀색이 섞인 작은 꽃들이 무리 지어 피어 있었다. 그 계곡을 가로지르는 다리를 건너자 오르막길이 나왔다. 그때 풀숲에서 바스락거리는 소리가 들려 살펴보니 잿빛 토끼가 뛰어 내려갔다. 예은이가 처음 만난 산토끼였다. 첨벙첨벙 물소리가 나는 계곡에서는 통통한 엉덩이를 실룩거리며 거슬러 올라가는 고라니를 보았다. 도시에서만 살아온 예은이에게는 모든 것이 신기했다. 예은이는 동물들이 놀라지 않도록 살금살금 오르막을 올랐다. 길 끝에서 알록달록 단풍 터널이 예은이를 맞이했다. 그 터널을 지나자 보랏빛과 하얀빛이 어우러진 꽃밭이 나타났다.

"우아."

예은이가 자기도 모르게 감탄하고 있는 사이, 갑자기 뒤쪽 숲에서 남자아이 둘이 내려왔다. 그 아이들을 본 순간 예은이는 숨이 얼어붙는 것 같았다. 새봄이가 보여 준 동영상 속 주인공들이었기 때문이다. 그러나 애써 태연한 척했다. 아이들이 가까이 다가오더니 먼저 말을 건넸다.

"너 대포분식에 살지?"

"아, 얘가 박새봄이랑 친한 애구나. 전학 왔지?"

"나는 니카라고 해. 얘는 김도훈, 우리는 대포중 1학년이야."

동영상에서 본 얼굴들인 데다 새봄이와도 잘 아는 사이라는 생각에 예은이답지 않게 불쑥 말문이 트였다.

"뭐 물어봐도 돼?"

니카가 거드름을 피우듯 말했다.

"뭐든."

"저 꽃들 이름이 뭐야?"

니카가 당황한 표정으로 도훈이를 툭 쳤다. 도훈이는 수줍어서인지 예은이 눈길을 피하며 대답했다.

"하얀 꽃은 개망초, 보라색 꽃은 개미취랑 쑥부쟁이야. 자세히 보면 잎이 좀 달라."

"저 아래 냇가에 핀 꽃은? 분홍색이랑 흰색이 섞여 있는 꽃 이름도 알아?"

"아, 그건 고마리꽃이라고 해."

예은이는 꽃 이름을 많이 아는 도훈이한테 자꾸 눈길이 갔다. 그날 이후로 도훈이와 니카는 길에서 예은이를 만나면 먼저 아는 척을 했고, 느티나무에 가면 반갑게 맞아 주었다. 느티나무에 오는 아이들은 서로 오랫동안 만났는지 친형제자매 같았다. 자기 공부나 숙제를 하다가도 동생들이 도움을 청하면 망설이지 않고 도와주었다. 더러는 그림책을 읽어 주고 더러는 동생들 손에 끌려 뒤뜰로 나갔다. 느티나무 안에서는 와이파이, 데이터가 통하지 않아 스마트폰을 가지고 노는 아이들이 없었다. 느티나무에 간 지 일주일쯤 지났을 때 한 여자아이가 그림책을 들고 와 내밀었다. 얼굴이 까무잡잡하고 쌍꺼풀이 짙은 아이였다.

"읽어 줘."

그러더니 대뜸 예은이 무릎에 앉았다. 처음에는 당황했지만 거리낌 없이 다가오는 아이가 싫지는 않았다.

"몇 학년이야?"

"나 학교 안 다녀."

"그래? 그럼 몇 살?"

"여덟 살. 한국 온 지 아직 두 달밖에 안 됐어. 나는 네팔에서 왔어. 이름은 마야."

"마야, 아직 두 달 밖에 안 됐는데 이렇게 한국말을 잘해?"

그러자 마야가 눈을 동그랗게 떴다.

"나 한국말 못하는데?"

"한국말을 못한다고? 지금 잘하고 있잖아."

예은이가 마야의 말을 이해하지 못하자 마야가 방실거리며 대답했다.

"언니, 나 지금 네팔 말로 얘기하는 거야. 여기서는 다른 말을 써도 서로 다 알아들어."

"정말?"

"응, 이제 책 읽어 줘."

예은이는 잠시 멍해 있다가 마야에게 책을 읽어 주었다. 그 날 이후로 예은이는 쭈뼛거리고 혼자 있는 아이에게 먼저 다가가 말을 걸었다.

학교에서 비례식을 배운 날이었다. 예은이는 소수의 곱셈, 나눗셈은커녕 자연수 나눗셈도 서툴렀다. 대포초등학교에서 만난 친구들에게 고백하지 못했지만 예은이는 한글도 드림스타트 선생님의 도움으로 3학년에야 뗐다. 구구단은 4학년 때 외웠다. 그런데 비례식이라니, 숙제에 손도 못 대고 한숨만 푹푹 쉬는데 니카가 다가왔다.

"표정이 왜 그래?"

"수학이 너무 어려워서."

"내가 좀 가르쳐 줄까?"

예은이는 니카의 말이 농담인 줄 알았다. 느티나무 안에서 가장 껄렁껄렁하고 까불거리는 아이였기 때문이다. 그래서 우물쭈물하는데 언제 왔는지 도훈이가 옆에서 말했다.

"신예은, 니카 수학 엄청 잘해. 나도 비례식 하나도 이해 못 했는데 니카가 가르쳐 줬어."

니카가 우쭐해했다.

"내 목표는 수학 잘하는 축구 선수가 되는 거야."

그러더니 예은이 옆 의자에 앉았다.

"너 소수랑 분수는 이해해?"

예은이가 고개를 저었다.

"나눗셈은?"

"쬐끔."

"구구단은?"

"그건 다 외웠어."

니카가 짐짓 심각한 표정으로 골똘히 생각하다 도훈이에게 말했다.

"그럼 4학년 2학기 진도부터 해야겠다. 도훈아, 여기 4학년 교과서 있지?"

"응. 아마 다락 어딘가에 있을 거야. 내가 찾아볼게."

예은이는 그렇게 니카와 수학 공부를 시작했다. 느티나무에서는 서로 공부를 도와주는 게 당연한 듯했다. 그래서 예은이도 점점 마음이 편해졌다.

가을이 깊어질 무렵 뒤뜰을 거닐다가 투두둑투두둑 소리가 나서 보니 도토리가 떨어지고 있었다. 뒤뜰에 도토리가 꽤 많이 쌓여 있었다. 할머니가 쑤던 도토리묵이 생각나 무심코 주웠는데 모양이 조금씩 달랐다. 통통하고 둥글둥글한 도토리가 있는가 하면, 길쭉한 타원형 도토리도 있었다. 털모자를 쓴 도토리가 있고, 털은 없으나 오톨도톨 무늬가 새겨진 모자를 쓴 도토리도 있었다. 더 유심히 살피니 도토리와 함께 떨어진 이파리 모양도 달랐다.

"도토리가 그렇게 신기해?"

느티 샘이 예은이 곁으로 다가오며 물었다.

"네, 도토리 모양이 다 다른지 몰랐어요."

"사람이랑 똑같지? 참나무도 종류가 다양하거든."

"참나무요?"

"응, 도토리 열매가 열리는 나무는 다 참나무과야. 떡갈나무, 신갈나무, 졸참나무, 상수리나무……."

"신기해요."

"신기하지? 숲에는 똑같은 것이 아무것도 없단다. 또 소중하지 않은 것도 없지. 저 키 큰 나무들부터 눈에 잘 띄지 않는 곰팡이와 이끼, 아니 우리 발밑 땅속에 있는 것까지 모두 다 중요하지. 사람들이 그렇듯이. 참, 예은아. 도토리는 여기다 두고

가. 여기에 다람쥐와 청설모가 많이 살거든. 그 친구들 먹이니까."

"네."

예은이는 얼른 도토리를 내려놓았다.

"우리 웅등산까지 가 볼까?"

예은이는 느티 샘이 내미는 손을 잡았다. 할머니 손을 잡았을 때와는 또 다른 온기가 있었다. 예은이는 느티 샘의 손을 놓고 싶지 않았다.

"신예은, 너 요즘 자꾸 나 빼돌리고 어디 가?"

어느 날 새봄이가 예은이에게 물었다. 예은이는 새봄이에게 느티나무 얘기를 해도 되는지 몰라 학원에 다닌다고 얼버무렸다. 할머니한테는 도서관에 간다고 둘러댔다. 겨울이 가까워오면서 할머니가 개발한 안 매운 떡볶이를 먹으러 오는 사람들이 늘었다. 새봄이 말대로 이주민 손님이 특히 많았다. 할머니 입이 귀에 걸렸다.

"우리 예은이가 복덩이다, 복덩이."

예은이는 가끔, 아주 가끔 엄마 생각이 났다. 보고 싶어서가 아니라 갑자기 불쑥 나타나 이 행복을 앗아 갈까 두려워서였다. 예은이는 오래도록 할머니와 살고 싶었다. 그래야 느티 샘과 친구들과도 함께할 수 있었다. 그래서 일요일마다 성당에 가면 엄마 아빠가 다시는 나타나지 않게 해 달라고 빌었다.

8.

"오빠, 금란이 언니가 한다면 나도 할게."

예은이가 며칠 동안 고민한 끝에 말했다. 도훈이는 레인보우 크루를 하겠다는 말이 반가웠지만 금란이가 하면 한다는 단서에 맥이 풀렸다.

"금란이는 안 할 거야."

"왜?"

"동생들 봐야 해. 작년에도 겨우겨우 했어. 문상 때문에."

"금란이 언니도 느티 샘 위해서라면 같이 할 것 같은데? 내가 언니한테 말해 볼게."

"네가?"

"응, 나 금란 언니랑 친해."

도훈이가 고개를 갸웃했다.

"진짜야. 오빠보다 나랑 더 친할걸?"

도훈이는 미심쩍은 표정이었지만 이내 고개를 끄덕였다.
"그래, 좋아. 한번 얘기나 해 봐."

예은이가 금란이를 처음 만난 건 할머니 분식집에서다. 겨울 방학을 하고부터는 예은이도 아침 일찍 일어나 할머니를 도왔다. 할머니는 늦잠을 자라고 했지만 떡볶이를 두 종류 만들려면 일손이 늘 부족했다. 그날도 어묵 꼬치를 끼우고 있는데 초등학교 1학년이나 유치원생으로 보이는 남매가 와서 떡볶이 1인분과 순대 1인분을 포장해 달라고 했다. 막 가게 문을 연 터라 떡볶이는 아직 준비가 안 됐고 순대도 찜기에 넣은 지 얼마 안 된 상태였다.
"너무 일찍 오셨어요, 손님."
예은이 할머니 말에 남매가 시무룩해졌다. 그 모습이 안쓰러웠는지 할머니가 다시 물었다.
"둘이 먹을 거야?"
"아니요. 엄마 갖다 주려고요."
"엄마? 엄마가 어디 있는데?"
"사랑요양병원이요. 우리 엄마 거기서 일해요."
누나로 보이는 아이가 야무지게 대답했다.
"사랑요양병원? 거기 버스 타고 가야 하는 거 알아?"
그러자 이번엔 남자아이가 또박또박 말했다.
"네, 99번 타면 돼요."

"거길 너희 둘이 간다고?"

"네."

그때였다. 한 여학생이 허겁지겁 뛰어와 갑자기 두 아이의 등짝을 때렸다.

"너희 미쳤어? 왜 말도 안 하고 나와. 얼마나 찾아다닌 줄 알아?"

여학생은 울음을 터뜨렸다.

"너희 잃어버린 줄 알았다고."

할머니가 난처한 얼굴로 세 아이를 둘러보고는 가게 안으로 불러들였다.

"동생을 그렇게 때리면 어떡해."

할머니의 꾸지람에 여학생이 눈물을 훔쳤다.

"자꾸 엄마한테 간다고 떼를 부리잖아요. 내가 아침 해 주려고 계란 프라이 하는 사이에 몰래 나온 거란 말이에요."

"나는 안 가려고 했는데 영훈이가 자꾸 가자고 그런 거야."

울먹이는 여동생을 보고 할머니가 막내를 꾸짖었다.

"가만 보니 막냇동생이 떼를 부렸구먼. 이름이 뭐야?"

그러자 남자아이가 누나들 눈치를 엿살피며 대답했다.

"저는 영훈이고요, 작은누나는 영란이, 큰누나는 금란이에요."

"아이고, 똑똑해라. 그래서 자신만만했구먼. 그래도 이렇게 이른 시간에 엄마 일터에 가면 안 되지. 너희 혹시 팔복마라탕

집 아이들이냐?"

"네."

할머니 눈치를 보는 금란이의 얼굴이 굳었다.

"엄마가 기어이 요양사 일 다시 하는구나."

"우리 엄마 아세요?"

금란이가 가슴을 쓸어내렸다.

"그럼 알다마다. 성실하고 착한 사람들인데, 이놈의 코로나가 사람을 잡는구나. 근데 엄마 퇴근하면 집에 올 텐데 왜 그걸 못 참고 아침 댓바람부터 옷도 제대로 안 입고 나왔어?"

할머니 물음에 금란이는 또 눈물을 글썽였다.

"병원에 확진 환자가 생겼대요. 그래서 엄마가 집에 못 오세요. 벌써 닷새째예요. 앞으로 2주 정도 못 온대요."

"아이고, 세상에. 엄마는 괜찮으시고?"

"엄마는 이미 걸렸었어요. 이번엔 아직 괜찮으시대요."

"힘들어서 어쩌누. 아빠는?"

"아빠는 요즘 파주에 있는 아파트 공사장에서 일하세요."

"아이고, 아빠도 철근 일 다시 하는구나. 그래도 기술이 있으니 얼마나 다행이야. 집에 먹을 건 있어?"

"아빠가 주말에 와서 돈 주고 가셨어요."

"세상에, 금란이가 고생이구나. 잠깐 기다려라. 떡볶이는 아직 시간이 걸리고, 내 라면이라도 후딱 끓여 줄게. 추울 땐 라면이 최고지."

"아니에요. 집에도 라면 있어요."

금란이가 손사래를 치며 쩔쩔맸다.

"괜찮아. 우리 예은이도 아직 아침 안 먹었어. 예은아, 2층 가서 밥 좀 퍼 와. 할머니가 라면 끓일 테니."

예은이는 그날 이후로 할머니를 더 좋아하게 되었다.

금란이네 삼 남매를 다시 만난 건 느티나무에서 아침 밥상을 시작한 지 일주일쯤 된 날이었다. 아침 시간에 맞춰 집을 나섰는데 버스 정류장에 영란이와 영훈이가 서 있었다. 이번에는 양말이랑 방한화는 신었지만 그때보다 날이 더 추웠다. 더구나 해도 뜨지 않은 이른 아침에 나와 있는 걸 보니 또 엄마한테 가려는 모양이었다.

"너희 또 나왔어? 금란이 언니는?"

"자."

"자?"

"응. 밤새 게임하고 자."

"그럼 깨서 너희 없는 거 알면 놀라겠다. 집에 가. 어차피 엄마 병원에 못 가."

예은이 말에 영란이와 영훈이가 울음을 터뜨렸다. 예은이가 어떻게 할 줄 몰라 발만 동동 구를 때, 마침 멀리서 정류장을 향해 뛰어오는 금란이가 보였다. 영란이와 영훈이는 금란이를 보자마자 대포읍 사거리 방향으로 냅다 뛰기 시작했다. 예은이와 금란이가 같이 뛰어가 둘을 붙잡았다.

"너희 자꾸 그러면 누나가 집 나가 버린다."

금란이는 겉옷은커녕 양말도 신지 않은 채였다. 예은이는 동생들보다 더 크게 우는 금란이를 달래 느티나무로 데리고 갔다. 문이 열리는 걸 본 금란이는 안으로 들어가지도 못하고 얼어붙고 말았다. 그러나 영란이와 영훈이는 아무렇지도 않게 탁자 앞으로 가더니 금란이를 향해 들뜬 목소리로 말했다.

"누나, 맛있는 거 엄청 많아."

금란이는 그때 마침 느티나무로 들어오는 도훈이를 보고 눈이 휘둥그레졌다.

"넌 뭐냐?"

도훈이는 금란이를 보고도 당황하지 않고 오히려 반가운 듯 해쭉거렸다.

"뭐긴 뭐야. 나지."

"어, 정윤성. 너 여기 다녀?"

이번엔 영란이가 윤성이를 보고 반겼다. 뒤이어 들어오는 쌍둥이를 보고도 해해거리며 다가갔다.

"이게 무슨 영문이지?"

금란이가 여전히 어리둥절한 얼굴로 주위를 두리번거리다 느티 샘을 뚫어지게 보았다.

"저, 홍규목 선생님 맞죠? 저희 4학년 때 임시 담임이셨죠?"

"안녕, 금란. 잘 왔어."

"헐, 이게 무슨 일이야?"

얼이 빠진 금란이의 모습에 모두 한바탕 웃음을 터뜨렸다.

금란이네는 몇 달 전까지 대포 시장 안에서 마라탕 전문점을 했다. 맛있다고 입소문이 나면서 대포읍뿐 아니라 대포 신도시나 인천에서도 손님이 찾아왔다. 가게가 좁아 번호표를 나눠 줘야 할 정도가 되자 금란이네 엄마 아빠는 비어 있던 옆 가게를 빌려 식당을 넓혔다. 그런데 확장 개업한 지 두 달 만에 코로나19가 시작됐다. 코로나19를 '우한 폐렴'으로 부르던 초기부터 금란이네 가게에 손님이 끊겼다. 대포읍에 있는 중국 가게들을 향한 비난이 쏟아지면서 중국 식품을 팔던 가게, 중국 화장품을 팔던 가게, 중국 만둣집과 짜장면집까지 다 문을 닫았다. 빚을 내서 가게를 늘린 금란이네는 문을 닫지 못해 버티고 있었는데 어느 날 술 취한 할아버지들이 중국으로 돌아가라고 소란을 피웠다. 금란이 엄마 아빠는 처음에는 좋은 말로 말리려 했지만 몸싸움이 벌어져 경찰까지 부르고 말았다. 그 소문이 퍼지면서 금란이 엄마 아빠는 어른도 몰라보는 파렴치한 사람들이 되어 버렸다. 대포 시장 상인들 중에도 코로나19가 금란이네 탓인 양 원망하고 비난하는 사람들이 있었다. 결국 금란이네는 식당을 확장하며 얻은 빚을 떠안은 채 문을 닫았다. 금란이네 아빠는 큰 빚을 진 것보다 이제 비로소 이웃이 되었다고 느꼈던 대포 시장 상인들한테 받은 상처가 더 마음 아팠다. 금란이 아빠는 가까스로 마음을 다잡고 건축 철근 일을 다시 시작했고, 금란이 엄마 역시 요양 보호사로 돌아갔다. 어린 동생들을 돌보는 일은 오롯이 금란이 몫이 되었다.

금란이네는 북한과 강 하나를 사이에 두고 있는 지안시에서 살았다. 그러다 한국에 사는 친척의 초청을 받아 엄마 아빠가 먼저 한국으로 갔다. 두 살이던 금란이는 할아버지와 함께 지안에 남았다.

금란이 엄마 아빠는 철근 기능사, 요양 보호사 자격증을 따서 한국에 정착할 수 있었다. 할아버지가 돌아가시고 한국으로 온 금란이는 사진으로만 보던 엄마 아빠가 낯설었다. 그사이에 태어난 동생들한테도 쉽게 정이 가지 않았다. 금란이는 날마다 지안으로 돌아가겠다고 떼를 부렸지만 기어이 대포초등학교에 입학하게 되었다. 지안에 살 때도 한국어와 중국어를 같이 썼기 때문에 한국 학교에서 공부하는 것이 어렵지는 않을 줄 알았다. 그런데 같은 한국어인데도 뜻을 이해할 수 없는 낱말과 문장이 너무 많았다. 그래서 다문화센터 한글 교실에 다녔다. 금란이는 한글 교실이 끝나면 곧장 집으로 가서 어린이집 차에서 내리는 동생들을 맞이해야 했다. 엄마 아빠가 자기를 그저 애보개로 부른 것 같아서 섭섭했지만 엄마 아빠는 조금만 참으라는 말만 되풀이했다. 금란이가 3학년 때 부모님이 식당을 열고 동생들도 늦게까지 하는 어린이집에 다니게 되었다. 그때부터 금란이는 방과 후 교실에서 피아노, 방송 댄스를 배우고 영어 학습지까지 했다. 금란이의 꿈은 레드벨벳이나 블랙핑크 같은 아이돌이 되는 것이었다. 지안에 살 때부터 엄마가 보내 준 스마트폰으로 한국 아이돌 동영상을 보고 춤을 따라 했다. 아이돌이 되려면 노래와 춤뿐 아니라 영어도 잘하고 악기도 여러 종류 다뤄야 한다는 말에 뭐든지 배워 볼 생각이었다. 그런데 엄마는 금란이가 키가 작아서 아이돌이 될 수 없다고 매정하게 말했다.

우유를 먹으면 키가 큰다는 말에 날마다 1리터씩 마셨지만 중학교에 입학할 때까지도 150센티미터가 되지 않았다. 금란이는 현실적이었다. 이루지 못할 꿈에 매달리기보다 아이돌에서 아이돌 전담 메이크업 아티스트로 꿈을 바꿨다. 손이 야무지고 눈썰미가 좋은 금란이는 유튜브로 배운 네일 아트도 곧잘 했다. 호아센미용실 원장님이 고등학생이 되면 가게 한쪽에 네일 아트를 할 수 있는 자리를 만들어 주겠다 약속할 정도였다. 진학할 학교도 대포읍에서 가까운 전문 대학의 뷰티아트과로 이미 정했다. 괜히 서울이나 인천까지 갈 생각이 없다. 엄마는 금란이가 어린아이답지 않게 너무 악착스럽다고 걱정한다. 그러나 금란이가 악바리가 된 건 엄마 아빠가 얼마나 고생하는지 알기 때문이었다. 금란이는 엄마 아빠가 그랬듯 자기도 한국에서 꼭 성공하고 말 거라고 다짐하고 또 다짐했다. 코로나19가 가족의 꿈을 한순간에 무너뜨렸지만, 다시 또 일어나면 그만이라고 생각했다.

"언니, 레인보우 크루 하자."

예은이 말에 금란이는 뜬금없다는 듯이 되물었다.

"레인보우 크루? 왜?"

그랬던 금란이가 예은이에게서 재개발과 느티 샘에 대한 이야기를 듣고는 잠시의 망설임도 없이 대답했다.

"그럼 해야지."

나는 500년 동안 금빛으로 반짝이는 한강 너머로 떠오르는 아침 해를 맞으며 하루를 시작하고, 서쪽 바다를 붉게 물들이며 지는 해를 보내며 하루를 마감했다. 해가 바다 너머로 사라지고 나면 나뭇가지에 깃든 새들과 곤충들도 잠이 들었다. 그러면 나도 쉬었다. 가끔 사냥을 하는 수리부엉이나 여우, 늑대 들이 단잠을 깨울 때도 있었지만 밤의 숲은 고요하고 평화로웠다. 그 덕분에 나는 무럭무럭 자랐다.

숲과 함께 살아가던 때 나는 안전했다. 엄마는 내가 어른 나무가 될 때까지 햇빛을 충분히 받을 수 있게 가지를 비켜 주고, 웃자라지 않도록 그늘을 만들어 주기도 했다. 또 아직 연약한 내 뿌리가 더 멀리 더 단단히 뻗어 나갈 수 있게 길을 터 주었다. 엄마 나무뿐 아니라 주변 이웃 나무들 역시 어린나무들에게 숲에서 살아가는 방법을 알려 주었다. 한여름 세찬 빗줄기와 천둥 번개에 겁에 질렸을 때, 모든 것이 금세 바스러질 듯한 가뭄 때, 어떻게 해야 그 고비를 넘길 수 있을지 가르쳐 주었다. 긴 겨울과 다가올 봄을 위해 뿌리에 영양분을 어떻게 저장할지, 물길을 어떻게 찾을지도 알려 주었다. 해로운 벌레가 왔을 때는 어떻게 쫓아야 하는지, 땅속의 이웃들과 어떻게 소통하고 서로 도울지도 일러 주었다. 나도 언젠가는 어른 나무가 되어 내 후계목과 이웃의 어린나무들에게 나의 경험과 지식을 나눠 줄 수 있을 거라 생각했다. 그런데 이제 나는 숲과 멀리 떨어져 있다. 나보다 어린 나무들을 돕고 싶지만 너무 멀리 떨어져 아무것도 할 수가 없다. 그저 가끔 내 가지에 들르는 새들을 통해 언덕 아래 어린 은행나무들에게 가뭄과 폭염을 견딜 방법을 전해 주는 것이 전부다. 사람들은 우리가 스스로 싹을 틔우고 자라고 꽃을 피우고 열매를 맺는다고 생각하지만 그렇게는 살아남을 수 없다. 사람들이 홀로 태어나고 자랄 수 없듯이 말이다.

500년을 살아오는 동안 지금만큼 위기감을 느낀 적이 없다. 도시는 우리의 생존을 점점 위태롭게 한다. 어둠이 사라진 밤에는 쉴 수 없고, 춥지 않은 겨울에는 긴 잠을 잘 수 없다. 봄가을은 짧아지고 여름은 길어졌다. 언제 싹을 틔우고 꽃을 피울지, 열매를 빨리 익힐지 천천히 익힐지, 잎을 언제 떨어뜨려야 할지 혼란스러워진 지가 꽤 됐다. 봄 여름 가을 겨울을 500번 넘게 경험한 나도 적응하지 못하는 이 변화를 도로변의 어린나무들은 혼자서 견뎌야 한다.

사람이 된 나는 움직일 수는 있지만 안타깝게도 나무들과 소통할 수 없다. 그래서 나는 사람들과 서로 도울 수 있는 길을 찾기로 했다. 위기에 처한 것은 우리만이 아니기 때문이다. 사람들 역시 우리 식물들처럼 홀로 살아갈 수 없다. 우리가 숲을 이루어 같이 살 때 훨씬 안전하고 행복한 것처럼 사람들 역시 마찬가지다. 500년을 넘게 산 나는 아직도 절망보다 희망을 더 믿는다. 내가 사람들 속으로 들어

갈 수 있었던 것은 사람과 내가 함께 살아온 시간 덕분이었다. 나는 여전히 사람들 안에 살아 있는 생명의 힘을 믿는다. 아니 믿고 싶다.

2부

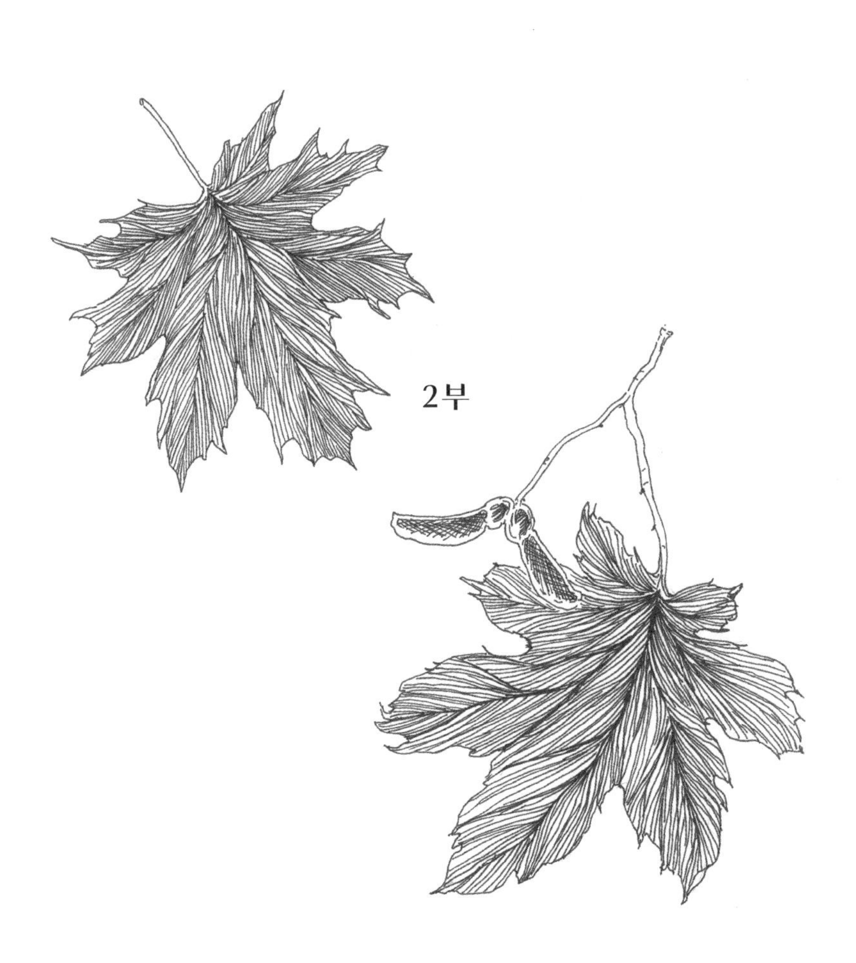

1.

"저기, 저기로 가신다."

민용이와 새봄이는 20분째 호아센미용실 창가에 앉아 사거리 북동쪽만 바라보고 있다. 민용이 엄마는 염색 손님이 가자마자 다시 커트 손님을 받아 정신없이 바쁜 와중에도 둘을 흘끗거렸다. 민용이는 엄마 눈치를 보느라 불편한데 새봄이는 눈치도 없이 창문 앞에서 꼼짝하지 않는다. 호아센미용실은 원래 베트남 커피를 파는 카페를 하던 자리다. 그래서 전망이 아주 좋다. 미용실 북쪽과 동쪽으로 통창이 나 있어 대포읍 사거리 풍경이 한눈에 들어온다. 특히 북쪽 모서리 창으로는 느티 언덕 위의 당산나무, 언덕 뒤의 농협 창고, 주민센터 그 너머 웅등산 산마루까지 보인다. 새봄이는 요즘 수업이 끝나면 항상 호아센미용실로 와서 느티 언덕을 살핀다.

"홍민용, 내 말이 맞지? 노인회관 쪽으로 올라가시잖아. 저리로 가면 길이 두 갈래야. 하나는 주민센터 뒤로 난 길인데 그 길은 항상 잠겨 있고, 다른 쪽은 옛 우물터로 내려가는 길이야."

"알아, 우리 빌라 가는 길이잖아."

"근데 너희 빌라에는 느티 샘이 안 산다며?"

"응."

"확실하지?"

새봄이가 다짐을 받으려는 듯 되물었다.

"우리 빌라 A, B 딱 두 동이야. A동에 요한이네가 살아서 거기 사는 사람 다 알고, 우리 B동도 서로 다 아는 사람들이야. 느티 샘은 없어."

"그게 수상하다는 거지. 샘이 저기로 올라간 건 분명하잖아. 그다음에 어디로 가느냐는 거야. 땅으로 꺼지거나 하늘로 솟을 수는 없잖아? 또 가방도 수상해."

느티 샘은 에코 백과 천으로 만든 배낭을 메고 다닌다. 누가 봐도 손으로 만든 티가 나는 엉성한 가방인데 항상 불룩하다.

"저 가방에는 뭐가 들어 있을까?"

새봄이의 의심 어린 말투에 민용이가 확신에 차서 말했다.

"고양이 사료. 샘이 고양이 밥 놓는 데가 몇 군데 있어."

"샘, 캣맘이야?"

"응. 그리고 아마 책도 있을 거야. 샘은 책 좋아하잖아."

"그건 나도 알지"

새봄이는 찜찜한 얼굴로 말끝을 흐리다 창밖을 내다보았다. 그러다 갑자기 소리쳤다.

"앗, 또 사라졌어."

민용이도 까치발로 노인회관 쪽을 바라보았다. 정말 순식간에 사라져 버렸다.

"느티 샘 축지법 쓰는 거 아냐?"

어깨를 축 늘어뜨리고 허탈해하는 새봄이를 보며 민용이의 장난기가 발동했다. 새봄이는 샐쭉해져서 쏘아붙였다.

"장난하냐? 너 계속 나 비웃고 있지?"

"아니야. 그건 아니야."

새봄이가 눈을 흘겼다.

"비웃어도 상관없어. 내가 이러는 데 다 이유가 있거든. 홍민용, 너 느티 샘 몇 살로 보여?"

새봄이가 퀴즈라도 내듯 물었다.

"우리 아빠보다는 많아 보여. 한 쉰 살?"

"그렇지? 그렇게 보이지? 그런데 느티 샘, 우리 작은 고모 초등학생 때도 기간제였어. 졸업식 사진에 느티 샘이랑 찍은 사진이 있어."

"너희 고모 초등학생 때도 선생님이셨다고?"

"응. 그것보다 놀라운 건 그때랑 지금이랑 똑같다는 거야. 얼굴도 머리카락도."

"보정 앱으로 찍은 거 아냐?"

"야, 그때 그런 앱이 어디 있어? 그런데 지금이랑 똑같다니까. 그때 50대였다면 지금 70대여야 하잖아."

"뭐 염색하고 보톡스 맞으셨나 보지."

"나 농담 아니거든."

새봄이가 보로통한 얼굴로 쏘아붙였다.

"아니, 20년이 지났는데도 그대로라니까 그런 거지."

민용이의 변명에 새봄이가 한숨을 쉬었다.

"너 기억나? 우리 6학년 사회 시간에 6·25 전쟁에 대해 배웠잖아."

"그랬나?"

"느티 샘이 임시 담임으로 오셨을 때 그 단원 나갔단 말이야."

민용이는 새봄이의 비상한 기억력에 항상 놀란다. 6학년 때 담임 선생님이 교통사고를 당해 느티 샘이 두 달 동안 임시 담임을 한 적이 있긴 했다. 그러나 민용이는 새봄이가 일깨워 주기 전까지는 그때 뭘 배웠는지 가물가물했다.

"맞다. 생각난다."

"생각나지?"

"응. 그때 선생님이 교동으로 피란 왔던 황해도 사람들이 강화도를 거쳐 인천으로 나가면서 느티나무 아래서 며칠씩 쉬어 갔다고 했었지?"

"그래."

민용이가 그 얘기를 기억하는 것은 할아버지가 정월대보름마다 당산나무 이야기를 하며 피란민 사연도 들려주었기 때문이다. 할아버지 말씀 중에는 가끔 믿기 힘든 이야기들이 있었다. 700살이 넘는 당산나무에 깃들어 사는 도깨비가 보릿고개가 오면 가난한 소작농들 집 앞에 쌀 한 가마니씩을 두고 갔다든가, 일제 강점기 때 독립운동가들을 숨겨 주었다든가, 당산나무에 불이 나자 달려 나와 사람들을 깨웠다든가 하는 이야기들이었다. 할아버지는 당산나무가 있는 느티 언덕 주인이 홍규목이라고 알려 주기도 했다.

"예전에는 홍규목에 도깨비가 산다는 소문이 있었대. 혹시 느티 샘이 도깨비는 아닐까?"

민용이 말에 새봄이가 눈을 흘겼다.

"그런 헛소리 한 번만 더 하면 너랑 친구 안 한다."

"도깨비가 나무에 깃든 정령 같은 거잖아. 베트남에도 그런 이야기 있다고 했어."

"홍민용, 지금 21세기야. AI 시대에 말이 되냐?"

"어차피 나무랑 AI는 거리가 먼데 뭐. 완전 다른 거잖아. 어쩌면 진짜로 저기에 도깨비가 사는 집이 있을지 모르지."

6학년 때 교실에서 느티 샘을 만났을 때 민용이는 가슴이 철렁했다. 선생님이 들어서는 순간, 그리움처럼 남아 있던 향기가 풍겨 왔기 때문이다. 아이들한테 가끔 느티 샘 이름을 들었지만 그 이름이 홍규목과 이어져 있으리라고는 상상도 못

했다. 그런데 그날 느티 샘에게서 그 향기를 맡고부터 느티 샘은 민용이에게도 반드시 풀어야 할 수수께끼가 되었다. 그러나 아직 그 이야기를 새봄이에게 털어놓을 수는 없었다. 민용이를 의심 어린 눈빛으로 살피던 새봄이가 갑자기 눈을 가늘게 뜨며 따져 물었다.

"그게 무슨 뜻이야? 홍민용, 혹시 너 뭐 아는 거 있어?"

민용이는 화들짝 놀라며 고개를 세차게 저었다.

"어, 아니야. 내가 뭘 알아."

"어? 너 이상해. 이 표정, 거짓말 못 하는 홍민용의 표정."

"아니라고."

민용이는 새봄이의 눈길을 피해 벽시계를 보고는 얼른 의자에서 일어나 가방을 멨다. 막내 윤서가 어린이집에서 올 시간이 20분밖에 남지 않았다. 윤서가 다니는 어린이집 차는 4시 30분에 빌라 앞에 선다. 윤서가 오고 30분이 지나면 민서가 다니는 태권도 학원 차가 온다. 민용이는 그때부터 엄마가 미용실 문을 닫고 집에 오는 8시 10분까지 동생들을 돌봐야 한다. 저녁은 엄마가 퇴근한 뒤 같이 먹지만 배고프다고 투정 부리는 동생들을 위해서 간단한 간식도 만들어 준다. 미용실을 나서려는데 엄마가 민용이 뒤에다 대고 소리쳤다.

"민용, 오늘 영어 줌 수업 있어."

"알아."

"7시."

"안다고."

민용이는 올해부터 영어 학습지를 시작했다. 친구 요한이네 아빠가 선생님이다. 날마다 일정량을 공부하고 일주일에 한 번씩 줌으로 수업한다. 민용이는 영어 공부를 하고 싶지 않았다. 베트남에서 와 겨우 한국어로 자유롭게 말하고 읽고 쓰게 되었는데 이젠 영어 공부까지 해야 한다니 숨이 막혔다. 한국어를 배우면서 베트남어를 거의 잊어버린 민용이는 영어 공부를 하다 이번엔 한국어를 잊어버릴까 걱정이 되었다. 엄마는 한국에서는 무조건 영어를 잘해야 한다고 그런다. 아빠도 마찬가지다. 그래서 학습지를 시작하기는 했는데 민서와 윤서도 돌봐야 해서 집중이 안 되는 게 문제였다. 새봄이가 계단을 내려가며 민용이에게 물었다.

"너 줌으로 샘 만날 때는 동생들 어떻게 해?"

"그냥 자기들끼리 놀아."

"방해 안 해?"

"방해하지. 막 문 열고 들어오고."

"난 혼자 들어도 엄청 하기 싫고 집중 안 되는데."

"맞아. 집중 하나도 안 돼."

"엄마한테 말씀드려. 그때만이라도 동생들 미용실에 가 있으면 되잖아."

새봄이는 동생들을 보느라 놀 새도 없는 민용이가 늘 안타까웠다.

"미용실 다 뒤집어 놓을 거야."

"그럼 오늘 춤 수업 할 때만이라도 동생들 봐줄까?"

"됐어."

"내가 봐줄게. 저녁은 라면 끓여 먹자. 그것도 내가 끓일게."

민용이가 건널목에 서서 귀찮은 표정으로 투덜거렸다.

"박새봄. 넌 왜 너희 좋은 집 두고 자꾸 우리 집에 오려고 해?"

"아무도 없는 집에 가기 싫어. 그리고 나는 민서랑 윤서가 너무 좋아."

"퍽이나."

"진짠데? 홍민용, 오늘은 설거지까지 내가 할게."

"왜?"

"뭘 왜야? 말했잖아. 민서랑 윤서랑 놀 거라고."

"웃기지 마. 너만 날 잘 아는 게 아니야. 나도 널 잘 알아. 속셈이 있지?"

민용이 말에 새봄이가 새살거렸다.

"아니야. 진짜 순수한 마음이야. 물론 네가 아까 말하려다 만 거 얘기해 주면 더 좋지만. 너 혹시 도깨비 봤냐?"

"아니야."

"이것 봐, 너 지금 눈을 깜박거리고 코를 실룩거렸어. 뭔가 숨길 때 짓는 표정이야."

민용이는 고개를 절레절레 흔들고는 건널목 신호가 초록색으로 바뀌자마자 새봄이를 제치고 앞장서 걸었다. 새봄이는 민용이를 따라 건너다 사거리에 새로 걸린 플래카드를 보았다.

경축—대포시 대포읍 재개발 조합 결성식—4월 30일

민용이도 플래카드를 봤는지 혼잣말을 했다.
"재개발돼서 우리도 아파트로 이사 가면 좋겠다."

2.

민용이는 베트남 동나이에서 태어났다. 민용이의 베트남 이름은 롱이었다. 롱은 한 살 때 친아빠가 오토바이 사고로 돌아가신 뒤 외가에서 자랐다. 외가는 캐슈너트 농장을 했다. 농장 안에 외할머니와 둘째 외삼촌이 사는 집, 이모들 집이 있었다. 식구들이 모두 캐슈너트 농사를 지으면서 같이 살았다. 외삼촌은 틈틈이 다른 농장에 가서 일했고, 이모들은 재봉틀로 가방이나 지갑 같은 걸 만드는 부업을 했다. 식구들은 항상 바빴다. 초등학생 형 누나 들도 학교에 다녀오면 농장 일을 돕고 동생들을 돌봤다. 롱도 자기보다 어린 사촌 동생들을 데리고 놀았다. 민용이는 지금도 꿈에서나마 가끔 그 농장에 간다.

롱이 여섯 살 되던 해, 호찌민에서 대학에 다니며 여행 가이드를 하던 막내 외삼촌이 설을 쇠러 오면서 한국 사람 한 명과 함께 왔다. 베트남으로 평화 기행을 온 여행자였는데 친구가 되었다고 했다.

"일이 바쁘다니까 거들어 준다고 해서 같이 왔어."

캐슈너트 열매를 딸 시기라 일손이 절실할 때였다. 일주일 정도 농장 일을 돕는 동안 그 한국 사람이 자꾸 롱의 엄마 주위를 맴돌았다. 롱은 그 남자가 못 미더워 엄마 곁에 딱 붙어 있었다. 외삼촌이 사촌들을 데리고 근처 놀이공원에 갈 때도 따라가지 않았다. 다행히 남자는 별일 없이 한국으로 돌아갔다. 그런데 그해 여름 그 한국 사람이 이번에는 아무 일정 없이 엄마를 만나러 왔고, 엄마의 태도도 이전과 달랐다. 엄마는 그 남자와 이야기를 할 때마다 자주 웃었다. 남자는 열흘쯤 지내다 다시 한국으로 떠났지만 그 뒤로 엄마는 롱보다 스마트폰을 더 자주 보았다.

롱이 일곱 살이 된 1월에 엄마의 결혼식이 농장 마당에서 열렸다. 한국에서 남자의 가족들도 왔다. 외가 식구들이 앞으로 한국 남자를 아빠라고 부르라고 했다. 아빠 있는 아이들이 늘 부러웠지만 낯선 남자를 흔쾌히 아빠라고 부를 수는 없었다. 롱은 죽을 때까지 롱하고만 살 거라던 엄마가 롱에게 묻지도 않고 한국 사람과 결혼해 화가 났다. 함빡 웃음을 지으며 엄마를 축하하는 식구들이 모두 미웠다. 아빠가 된 한국 남자는 결혼식이 끝난 뒤 가족들과 한국으로 돌아가고, 엄마는 한국어 학원에 다니기 위해 호찌민으로 갔다. 석 달 뒤 엄마는 짐을 싸서 한국으로 떠났다. 롱을 외가에 남겨 둔 채로.

반년이 지나 베트남으로 롱을 데리러 온 엄마의 배가 불룩했다. 롱은 외할머니와 함께 살겠다고 떼를 부렸으나 소용이 없었다. 인천 공항에 도착하자마자 난생처음 느껴 보는 한기에 가뜩이나 움츠린 어깨가 더 쪼그라들었다. 한국은 다 큰 도시일 줄 알았는데 엄마 아빠가 사는 대포읍은 롱칸보다도 작게 느껴졌다. 읍에서 좀 떨어진 아빠 집 주변은 논밭과 공장뿐이었다. 기대하던 한국의 모습과 사뭇 달랐다. 그래도 벼가 누렇게 익은 논 풍경이 위로가 되었다.

엄마 아빠는 롱을 위해 가끔 읍내 아시아 마트에서 사 온 베트남 라면을 끓여 주었다. 베트남에 살 땐 한국 라면이 맛있었는데 한국에 오니까 베트남 라면이 더 맛있었다. 아빠 식구들은 친절했지만 롱이 빨리 한국어를 배우길 바랐다. 롱은 낯선 가족과 낯선 말이 모두 불편해서 엄마하고라도 베트남어로 이야기하고 싶었지만 엄마는 허락하지 않았다. 롱의 마음은 점점 어두워지는데 엄마의 표정은 점점 밝아졌다. 롱은 행복해 보이는 엄마 앞에서 자신의 슬픔을 드러낼 수 없었다.

주말이 되면 아빠는 롱을 데리고 나들이를 나갔다. 아빠는 롱과 친해지기 위해 애썼지만 아빠는 베트남어를 잘 몰랐고, 롱은 한국어를 몰랐다. 대화가 없으니 차 안에서 내내 어색했다. 그래도 아빠가 롱과 친해지려고 노력하는 것이 싫지는 않았다. 엄마가 아빠에게도 아들이 있었다고 말해 주었다. 그 아들이 사고로 죽고 나서 전 아내와 이혼을 했다고 한다. 아빠는 롱을 그 아들처럼 생각한다고 했지만 롱은 그 아들을 대신하고 싶지는 않았다. 그래서 마음을 꼭꼭 닫았는데 자기도 모르게 아빠한테 마음이 조금씩 열려 갔다.

한국에서 맞이한 첫 새해, 엄마는 베트남에서 설날에 먹는 반뗏 대신 떡국을 끓였다. 떡국이 보기보다 맛있었지만 맛이 어떠냐고 묻는 아빠한테 어깨만 으쓱해 주고 말았다. 떡국을 먹고 나서는 어른들한테 세배를 하고 세뱃돈을 받았다. 한국에도 베트남처럼 세뱃돈이 있다는 게 신기하면서도 친근하게 느껴졌다.

초등학교 입학식 날에는 눈발이 날렸다. 롱은 아빠와 둘이 집을 나서며 몰래 눈물을 훔쳤다. 엄마는 태어난 지 백일이 안 된 동생 민서와 집에 있어야 했다. 석 달 동안 어린이집에 다녔지만 할 줄 아는 말은 여전히 인사말과 간단한 문장뿐이었다. 알아들을 수 있는 말은 그보다 좀 많았지만 학교에 다닐 만큼은 아니었다. 롱은 엄마와 만든 눈사람처럼 자기 몸도 녹아 사라지는 상상을 했다. 날은 또 왜 그렇게 추운지 몸이 움츠러들어 더 작아졌다. 베트남에 있을 때 롱보다 두 살이 많았던 닷 형은 하얀 셔츠에 빨간 스카프를 매고 감색 반바지 차림으로 입학식에 갔다. 여섯 살이던 롱은 그게 무척 부러웠다. 롱은 당연히 자기도 닷 형처럼 하얀 새 셔츠를 입고 빨간 스카프를 매고 학교에 갈 줄 알았다. 그런데 롱은 눈발이 내리는 날,

베트남에서는 입어 본 적도 없는 검은색 오리털 패딩을 입고 입학식에 가게 되었다.

학교에 가까워질수록 자꾸만 서러움이 목구멍을 간질였다. 여차하면 울음이 밖으로 터져 나올 것 같았다. 울음을 간신히 참으려니 눈에서 눈물이 찔끔찔끔 새어 나왔다. 아빠가 교실 앞까지 따라와서 롱을 안아 주었다.

"롱, 겁내지 마. 곧 익숙해질 거야."

고개를 끄덕이긴 했지만 더는 참지 못해 눈물이 뚝뚝 흐르기 시작했다. 아빠가 롱을 내려다보며 한숨을 쉬었다. 그러더니 엄마한테 전화를 걸었다. 복도에는 다른 아이들을 데리고 온 엄마 아빠 들이 많았다. 베트남 사람으로 보이는 아주머니도 있었다.

"롱, 이따가 끝나기 전에 엄마가 올 거야. 할머니가 오늘 민서 봐주시기로 했어. 아빠는 일하러 가야 하니까 교실에서 기다려."

롱은 아빠가 하는 손짓을 보며 엄마가 올 거라고 대충 짐작했다. 그때부터 엄마를 기다리느라 선생님이 하는 말이 귀에 들어오지 않았다. 같은 반이 된 스물다섯 명 중에 한국말을 알아듣지 못하는 아이는 롱뿐인 듯했다. 교실 맨 뒤에 앉은 피부가 까만 아이는 한국어를 술술 했다. 그때는 그 아이와 친구가 될 줄 상상도 못 했다. 또래들로 북적거리는 교실 안에서 롱은 혼자 외톨이가 되었다. 가족들로 북적이던 베트남 집이 더 그리웠다.

입학식이 끝나고 선생님을 따라 교실 밖으로 나갔다. 보호자들이 와서 다른 아이들을 데리고 갔다. 온다던 엄마는 아직 보이지 않았다. 롱이 어떻게 할지 몰라 발만 동동 구르는데 선생님이 다가왔다.

"롱, 아빠한테 문자가 왔어요. 여기서 조금만 기다리면 엄마가 오신대요."

선생님의 목소리는 친절하고 표정은 상냥했다. 베트남어를 모르는 선생님은 롱이 알아들을 수 있게 설명해 주려고 애썼다. 롱은 엄마를 기다리다 화장실에 가고 싶다고 말했다. 그러자 선생님이 화장실을 알려 주며 물었다.

"선생님이 같이 가 줄까요?"

"아니, 롱 할 줄 알아."

롱은 선생님께 씩씩하고 똑똑해 보이고 싶었다. 그런데 화장실에 다녀오니 복도에 선생님이 보이질 않았다. 1반이었는지, 2반이었는지, 3반이었는지 헷갈렸다. 롱은 당황해서 밖으로 나갔다. 운동장에는 아무도 없었다. 하필 그때 잠시 멈췄던 진눈깨비가 다시 내리기 시작했다. 롱은 혼자 교문까지 가 보기로 했다. 교문을 나서니 육교가 보였다. 입학식을 앞두고 아빠와 몇 번 와 봤기 때문에 육교만 건너면 집으로 가는 길을 찾을 수 있을 것 같았다. 가는 도중에 엄마를 만난다면 엄마가 자랑스러워할 것 같았다. 그런데 육교를 내려왔더니 건널목이 두 갈래였다. 아빠랑 왔을 때는 따라다니기만 했지 길을 유심히 보지 않은 탓에 어디로 가야 할지 알 수가 없었다.

그 뒤로 얼마나 헤맸는지 모른다. 날은 추워지고 진눈깨비는 함박눈으로 바뀌었다. 3월에 눈이라니 롱은 한국이 더 쌀쌀맞고 차갑게 느껴졌다. 어른들을 붙잡고 길을 물어보고 싶었지만 입이 떨어지지 않았다. 엄마가 읍에 베트남 사람들이 많다고 했는데 누가 베트남 사람인지 구별할 수 없었다. 얼마나 더 헤맸을까? 중앙로 상가 건물 위로 아빠랑 자주 갔던 커다란 느티나무의 꼭대기가 얼핏 보였다. 무작정 그 나무를 향해 걸었다. 거길 가면 집으로 가는 길을 찾을 수 있을 것 같았다. 그러나 느티 언덕에서 대포읍을 내려다보려니 눈발 때문에 앞이 보이지 않았다.

날이 어두워지고 있었다. 아빠가 사 준 방한화 코 위에도, 패딩 점퍼 어깨에도 눈이 쌓여 갔다. 롱은 자신이 그대로 눈사람이 될 거라 생각했다. 엄마한테 인사도 못 하고 하늘나라로 갈까 또 눈물이 나왔다. 겨우겨우 발을 떼 느티나무까지 갔다. 나무 기둥에 몸을 기대고 등이 따뜻해졌다고 느끼는 순간, 갑자기 뒤로 나동그라졌다. 깜짝 놀라 일어나니 실내였다. 웬 누나가 롱을 내려다보며 웃었다.

"너였구나. 문을 두드린 사람이."

롱은 얼른 일어나 앉으며 고개를 저었다.

"어쨌든 들어와. 자, 손잡아."

롱은 누나가 내민 손을 잡았다.

"우아, 차가워. 얼음 같아."

누나는 어디론가 가서 담요를 몇 장 가져왔다.

"옷을 벗을 수는 없으니 일단 이거 쓰고 있어."

담요를 쓰자 꽁꽁 얼었던 뺨이 간질간질하고 꽉 막혔던 코에서 콧물이 주르륵 흘러내렸다. 롱은 손등으로 콧물을 훔치고는 주위를 둘러보았다. 둥근 타원형 방에 천장이 높았다. 적갈색의 울퉁불퉁한 벽은 위로 갈수록 좁아지면서 중간중간 다락 같은 공간이 이어지고 사다리가 놓여 있었다. 밖은 어둑어둑한데도 전등 하나 없는 안은 밝고 따뜻했다. 넓은 방 한쪽에는 큰 창문이 있고 그 옆으로 문이 하나 더 있었다. 창 아래로는 커다란 소파가 벽에 기대어 있고 그 앞으로 열 명은 둘러앉을 수 있는 나무 탁자가 있었다. 여기저기 흩어져 책을 보거나 그림을 그리던 아이들이 롱을 보고 반갑게 웃어 주었지만 다가와서 말을 걸지는 않았다.

"세상에, 눈물 콧물이 뺨에 얼어붙었어."

누나는 손수건에 따뜻한 물을 적셔 와 얼굴을 닦아 주었다. 그리고 롱을 탁자 앞으로 이끌었다.

"여기 앉아서 몸부터 녹이자. 이거 마셔 봐. 느티나무 잎으로 만든 차야."

롱은 누나가 내미는 잔을 받아 따뜻한 차를 마셨다. 풀 냄새가 나는 차를 한 모금 마시니 꽁꽁 언 목을 따라 물이 흘러내려가는 게 그대로 느껴졌다. 다 마시고 나자 얼었던 몸이 조금 녹는 듯했다.

"넌 이름이 뭐야?"

"롱."

"롱. 이름 예쁘다. 나는 나지아. 내 동생도 1학년이야. 아까 학교에서 너 봤어. 부모님이 데리러 오시지 않았어?"

롱은 나지아 누나의 말에 또 눈물이 뚝뚝 떨어져 내렸다. 롱이 울먹이며 하는 이야기를 들은 나지아가 가까이 다가와 등을 토닥여 주었다.

"괜찮아. 누구나 겪는 일이야. 나도 그랬어."

"누나도?"

"나는 여덟 살에는 아예 학교도 못 갔어. 그땐 미등록인 아이는 학교 가기 힘들었거든. 난 일곱 살 때 엄마랑 둘이 관광비자로 한국에 왔어. 엄마는 한국에 와서야 임신한 걸 알았대. 내 동생 떠즈비아는 여기서 태어나서 국적이 없어."

"1학년이라며?"

"이젠 국적이 없어도 학교에 다닐 수는 있어. 그렇지만 곧 떠나."

"떠나?"

"응, 방글라데시로 돌아갈 거거든."

롱은 문득 자기가 나지아 누나의 말을 알아듣고 누나도 자기 말을 알아듣고 있다는 것을 깨달았다. 나지아 누나도 눈치를 챘는지 웃으며 말했다.

“여기선 누구나 서로의 말을 알아들을 수 있어.”

“어떻게?”

“여긴 느티나무 안이니까. 느티나무가 듣는 방식으로 서로의 말을 들어. 나도 처음에 한국말을 하나도 몰랐을 때 여기서 친구들을 만났어.”

“여긴 누구나 올 수 있어?”

“응.”

“언제든지?”

“그럼. 누가 언제 오든 느티 샘은 환영해 줘.”

“느티 샘?”

“응, 곧 만나게 될 거야. 여기가 너한테 아주 소중한 곳이 될 거야.”

나지아 누나에게 뭔가 더 물어보려고 했는데 그때 마침 밖에서 아빠 목소리가 들렸다.

“롱, 롱. 혹시 거기 있니?”

“어, 아빠다!”

“너희 아빠 목소리야?”

“응.”

“너희 아빠도 여길 잘 아는가 보다. 어서 나가 봐.”

나지아 누나의 말이 끝나자마자 문이 열렸다. 찬바람이 훅 들어왔다. 롱은 뒤를 돌아보며 말했다.

"누나, 내가 여기 다시 오려면 어떻게 해야 돼?"

"네가 들어오고 싶어 하면 느티 샘이 문을 열어 줄 거야. 아니면 여기 있는 누군가가."

롱이 나가자 아빠가 롱을 끌어안았다.

"여기 있을 줄 알았어. 다행이다, 다행이야."

아빠는 롱에게 등을 내주며 업히라고 했다. 그때는 아빠가 롱이 느티나무에 있는 걸 어떻게 알았는지 궁금해할 겨를이 없었다. 아빠를 보자마자 원망과 안도감, 서러움이 뒤범벅되어 울음이 터져 버렸기 때문이다. 엄마도 롱을 보자마자 주저앉아 눈물을 터뜨렸다. 롱은 엄마 품에 안겨 한참을 울었다. 엄마한테 얼마나 무섭고 겁이 났는지 말하고 싶었지만 참았다. 그날은 그대로 엄마 품에 안겨 잠이 들었다. 며칠 지나서 엄마한테 느티나무 이야기를 하자 엄마가 몸서리를 쳤다.

"롱, 다시는 그 나무 곁에 가지 마."

그 뒤로도 롱은 몇 번 더 느티나무 이야기를 꺼냈다. 그날의 그 경험은 강렬하면서도 따뜻한 기억이었다. 엄마는 그때마다 겁에 질린 얼굴로 성을 냈다.

"롱, 그건 아주 나쁜 꿈일 뿐이야. 다시는 그때 일을 떠올리지 마."

시간이 지나자 롱도 그날 일이 꿈처럼 느껴졌다. 아빠와 학교에 갈 때마다 느티나무 앞을 지났는데 어딜 봐도 문이 보이지 않았다. 기둥이 여느 나무보다 훨씬 굵었지만 롱이 들어갔던 공간만큼은 아니었다. 롱은 느티나무 얘기만 하면 슬퍼하는 엄마 때문에라도 기억을 잊기로 했다. 2년이 지나 롱은 한국 이름을 갖게 되었다. 아빠는 집안의 돌림자에다 롱의 원래 이름인 한자 '용'을 붙여 주었다. 홍민용, 온화한 용이라는 뜻이었다. 응우옌 흐우 롱에서 홍민용이 된 뒤 할아버지는 정월 대보름마다 느티나무에 드리는 제사에 민용이를 데리고 갔다. 할아버지는 나무의 이름이 홍규목이라고 가르쳐 주었다.

민용이가 초등학교 4학년 때였다. 정월대보름을 앞두고 제사 음식을 준비하는 할머니 심부름으로 노인회관에 다녀오던 길이었다. 느티나무를 지나친 엄마가 갑자기 뒤를 돌아보며 설렁한 기운이 든다고 했다.

"민용, 절대 혼자서는 저기 가지 마. 오래된 나무 요괴 있어."

요괴라는 말에 섬뜩한 기분이 들었다. 그러나 아빠는 그 나무가 대포읍을 지켜 주는 나무라고 했다.

"엄마, 저 나무는 우리 동네 사람들을 보살펴 줬대."

엄마가 도리질을 했다.

"아니야, 할머니 그랬어. 저 나무에 도깨비 살아. 도깨비 요괴야. 베트남에도 오래된 나무에 요괴 있어."

"엄마, 도깨비는 사람 안 해쳐. 요괴랑 달라. 한국에는 도깨비 얘기 많아. 그림책이랑 동화책에도 나와. 그 도깨비들 하나도 안 무서워."

엄마는 베트남에는 수천 년을 산 나무의 정령이 요괴가 되어 사람들을 괴롭힌 전설이 있다며 오래된 나무를 두려워했다. 민용이가 당산나무 안에 들어갔다는 이야기도 혹시 도깨비가 한 짓일까 불안해했다. 민용이는 엄마한테 걱정을 끼치고 싶지 않았다.

3.

새봄이는 며칠째 민용이가 해 준 이야기를 곱씹었다. 민용이가 당산나무에 들어갔던 기억은 꿈일까 현실일까. 혹시 느티 샘이 정령은 아닐까. 물음표가 끊이지 않고 이어졌다.

새봄이가 민용이를 만난 건 초등학교 2학년 때였다. 그때까지도 민용이는 한국어가 서툴렀다. 어순을 헷갈리고 조사도 빼먹기 일쑤라 민용이가 말하면 반 애들이 다 웃었다. 민용이는 아이들이 웃을 때마다 울었다. 아이들은 점점 민용이를 혼자 두었다. 그래서 민용이는 운동장 한구석 바닥에다 그림을 그리며 놀거나, 스케치북에 그림을 그렸다. 민용이 스케치북에는 야자나무, 두리안나무, 바나나나무가 있었다. 또 냇가에서 고기잡이를 하는 아이들도 있었다. 새봄이는 민용이가 그림 그리는 모습을 지켜보다 친구가 되었다. 2학년 2학기쯤부터 아이들은 걸핏하면 우는 민용이를 '동남아 울보'라고 부르기 시작했다. 그때마다 민용이는 자기는 동남아가 아니라 베트남에서 왔다며 또 울었다. 그러자 몇몇 아이들은 '베트남 울보'라고 고쳐 부르기도 했다. 새봄이는 가뜩이나 작은 민용이가 자꾸 움츠러들어서 아예 없어져 버릴 것 같았다. 늘 혼자인 민용이 곁에 누구라도 있어야겠다 싶어서 쫓아다녔다. 민용이는 나중에야 그때 자기 마음을 고백했다.

"난 원래 활동적인 거 별로 안 좋아해. 베트남 살 때도 형들이 데리고 다니니까 따꺼우나 축구도 하고 고기잡이도 갔지만 누나들이랑 공기놀이하거나 땅에 그림 그리며 노는 걸 더 좋아했어."

"그러면 왜 계속 울었어?"

"한국말을 못하니까 그런 나를 설명할 수가 없어서 답답해서. 그래서 운 거야."

정말로 민용이는 한국어가 능숙해진 4학년 때부터 울지 않았다. 새봄이는 처음부터 민용이가 좋았다. 반짝이는 큰 눈이 예뻐서도, 새까맣게 찰랑거리는 머리카락이 매력적이어서도 아니었다. 새봄이는 민용이가 착해서 좋았다. 거짓말을 안 하고 다른 아이들을 놀리지 않아서 좋았다. 민용이는 다른 애들처럼 새봄이가 잘난 척한다고 따돌리지 않았다. 수줍고 말이 없지만 은근히 장난기가 있고 농담도 잘했다. 새봄이는 무엇보다 민용이의 그런 장점을 자기만 아는 게 좋았다. 민용이가 자기한테만 속마음을 열어 주는 게 좋았다. 그런데 아직도 말하지 않은 비밀이 있었다니 좀 섭섭했다. 그렇지만 민용이 말처럼 사실대로 말해도 믿지 못했을 것 같았다.

"박새봄, 너 수업을 듣는 거야, 마는 거야? 아까부터 진동 울리는데 듣지도 못하고."

새봄이는 그제야 쉬는 시간에 잠시 꺼 놨던 비디오 화면을 다시 켜지 않은 걸 깨달았다. 얼른 화면을 켜고 선생님께 죄송하다는 메시지를 보냈다. 새봄이는 아직도 비대면 수업에 적응이 안 된다. 집에서 혼자 들으면 더 산만해져서 아예 서점에 나와서 듣는다. 중학생이 되고부터 엄마는 새봄이더러 학원에 다니라고 성화다. 새봄이 엄마는 새봄이보다 새봄이의 성적에 더 관심이 많다. 어렸을 때는 섭섭했는데 이제는 상관 않는다. 비대면 수업만 시작하면 새봄이는 배가 아프고 오줌이 마렵고 허리가 쑤셨다. 새로 산 태블릿은 수시로 작동이 멈췄다. 민용이는 아빠가 쓰던 낡은 노트북으로 듣는데도 그런 적이 없다며 새봄이의 뇌가 태블릿과 연동되어서 그렇다고 놀렸다.

"빨리 대면 수업으로 전환되어야지, 박새봄 이러다 2학년 되면 큰일이다. 아무리 공부가 전부는 아니더라도 이건 아니야."

아빠는 고개를 절레절레 흔들고는 체념한 듯 물었다.

"딸, 점심은 뭐 먹을래? 미리 주문하거나 사 올게."

"우리 점심 먹을 돈은 있어?"

아빠가 인상을 찌푸리며 되물었다.

"그건 또 무슨 말이야?"

"오늘 아침부터 지금까지 주식 책 사러 온 아저씨 한 명 빼고는 아무도 안 왔잖아. 아무리 평일 오전이라고 해도 손님이 너무 없는 거 아냐?"

"걱정 마. 원래 신학기 지나면 비수기야."

"아빠, 이 평화서점 꼭 지켜야 해. 내가 물려받을 거야. 그러니까 망하지 않게 잘해."

새봄이 말에 아빠가 어이없는 표정으로 다시 한번 고개를 젓고는 밖으로 나갔다.

평화서점은 50년 넘게 이어 온 대포읍의 유일한 서점이다. 광역 버스와 시내버스가 다니는 정류장 바로 앞에 있어 대포읍 사람들뿐 아니라 인근 군부대의 군인 손님도 많았다. 그러나 이제는 신학기에 문제집과 참고서를 구매하는 학생들이 반짝 몰릴 뿐이다. 새봄이 아빠는 점점 손님이 줄어드는 서점을 지키기 위해 독서 모임을 꾸리고, 추천 도서 코너, 신간 도서 코너를 정성스럽게 꾸며 놓기도 한다. 그런 노력에도 운영은 점점 어려워진다. 대포읍에 있는 학교와 시립 도서관에서 책을 구입하지 않는다면 평화서점은 벌써 문을 닫았을지 모른다. 할아버지는 서점을 해서 단층이던 건물을 3층으로 올렸다는데 아빠가 물려받고 나서는 1층 3분의 1을 엄마의 공인중개사무소로 내주어야 했다. 서점으로는 먹고살기가 힘들다는 것을 간파한 엄마는 새봄이가 태어나자마자 공인중개사 자격증을 땄고 새봄이 돌에 맞춰 사무실을 열었다. 그래서 이름도 새봄공인중개소다. 엄마는 몇 년째 새봄이 아빠더러 서점을 그만두고 공인중개사 시험을 보라고 설득하고 있다.

점심시간에 맞춰 아빠가 포장해 온 나시고랭을 탁자 위에 펼쳐 놓았다. 새봄이가 신이 나서 물었다.

"어? 셀레베스 문 열었어?"

"응. 거리두기 완화돼서 열었대. 가게 문 닫은 동안에도 월세는 내야 하니까."

셀레베스는 대포 시장통에 있는 인도네시아 음식점이다. 간판 메뉴가 나시고랭이다. 대포읍에는 외국 음식점이 많다. 그래서 아시아의 다양한 볶음밥을 맛볼 수 있다. 미얀마 볶음밥, 베트남 볶음밥, 인도와 네팔 볶음밥, 인도네시아 볶음밥, 중국식 볶음밥, 태국 볶음밥에다 김치 철판 볶음밥도 있다. 쌀국수도 네팔식, 미얀마식, 베트남식, 중국식, 캄보디아식, 태국식까지 다양하다. 대포읍은 새봄이네처럼 외식을 주로 먹는 사람들한테 매력적인 동네다. 세계 각국까지는 아니어도 아시아의 웬만한 요리는 다 있다. 이슬람교를 믿는 사람들이 주로 가는 할랄 음식점만 여섯 곳이 넘는다. 외국 음식점만 있는 게 아니라 외국 사람과 한국 사람이 다 좋아하는 치킨, 돈가스 전문점, 떡볶이 전문점, 햄버거 프랜차이즈도 있고, 어른들이 좋아하는 곰탕집, 생선 요릿집, 칼국숫집, 두붓집도 있다. 중국집만

해도 중국 동포가 하는 중국집, 대포읍 토박이 화교가 하는 중국집, 프랜차이즈 중국집에 마라탕집까지 있다. 수입 식품 마트도 여럿이어서 라면도 국적별로 다양하게 팔고, 미얀마에서 온 메기, 베트남 민물고기, 방글라데시의 염소 고기도 판다. 또 얼마 전에는 우체국 삼거리에 할랄 정육점이 생겼다. 새봄이는 나시고랭을 한입 가득 넣고 나서야 엄마가 생각났다.

"참, 엄마는? 점심 안 먹는대?"

"엄마는 뚜야 씨랑 상담 중."

"왜? 아저씨 또 월세 못 냈어?"

"아니. 계약 연장할 시기가 됐어."

"월세 올릴 거래?"

"새봄 씨, 자네가 거기까지 관심 가질 필요는 없는 것 같은데?"

"뚜야 아저씨 일이니까 그렇지. 뉴스 보면 착한 집주인들도 많던데. 엄만 왜 월세를 올리려고 그래?"

"세상일이 그렇게 단순한 게 아닙니다. 주변 건물주들 눈치도 봐야 하고 복잡해. 박새봄 씨는 어서 먹고 집에 가서 공부하세요. 수학 과외도 받아야 하고, 영어도 해야 하잖아."

"맨날 할 말 없으면 공부하래."

새봄이는 입을 비쭉거리며 탁자 위를 정리했다. 뚜야 아저씨는 평화서점 뒷골목 가건물에서 미얀마 식당을 한다. 아저씨가 한국에 온 지는 14년이 되었다. 대학교에 다니다가 가족을 위해 한국에 일하러 왔는데 10년 전 산재 사고를 당해 병원에 있다가 물리 치료사였던 미선 아주머니와 사랑에 빠져 결혼했다. 문을 연 지 5년쯤 된 뚜야 아저씨네 식당에서는 진짜 토종 미얀마 음식만 판다. 얼핏 보면 한국 밑반찬들이랑 비슷하다. 김치처럼 생긴 것도 있고, 새우를 간장에 절인 것, 미얀마에서 냉동해 가져 온 민물고기로 만든 카레, 고추 장아찌, 젓갈 같은 것들이다. 한국에 와서 처음 보낸 1년과 병원에서 지낸 1년 동안 아저씨가 가장 괴로웠던 것은 음식이었다고 한다. 그래서 한국에 온 미얀마 사람들에게 고향의 맛을 선물해 주는 식당을 차렸다. 식당 벽 한쪽에는 아웅 산 수 치 사진이 있다. 미얀마의 국가 지도자로, 뚜야 아저씨가 존경하는 사람이라고 했다.

몇 달 전 미얀마에서 군사 쿠데타가 일어났다. 6학년 사회 시간에 광주 민중 항쟁에 대해 배워서 군사 쿠데타가 무엇인지 대략 안다. 새봄이 아빠는 80년대 초에 학생 운동을 하다가 감옥에 갔었기 때문에 미얀마에서 벌어진 일에 자기 일처럼 분노했다. 고국 소식을 SNS와 뉴스를 통해 알게 된 대포읍의 미얀마 이주민들은 뚜야 식당에 모여서 전단지와 포스터를 만들었다. 그리고 주말마다 까만 옷에 빨간 스카프를 두르고 대포읍 버스 정류장이나 신도시 지하철역 앞에서 퍼포먼스를 했다. 새봄이도 아빠를 따라 두어 번 가 보았다. 뜻밖에도 관심을 보여 주는 시민들이 많았다. 뚜야 아저씨네 식당 창문에는 몇 달째 손가락 세 개를 펼친 붉은색 손바닥 스티커가 빙 둘러 붙어 있다. 작은 테라스에는 일주일에 한 번씩 새로운 사진이 걸린다. 'We Stand with the People of Myanmar'라는 글 아래 군인에게 맞아 피투성이가 된 미얀마 대학생들, 길을 가득 메운 시위대를 향해 총을 조준하는 군인들 사진이 전시되었다. 한국에서 일하면서 미얀마 민주화 운동을 도와 온 뚜야 아저씨는 이제 고향으로 돌아가지 못한다. 미얀마에서 반정부 인사가 되었기 때문이다.

뚜야 아저씨는 아빠와 꽤 친하다. 둘 다 민주화 운동을 했다는 공통점 때문인 것 같다. 대포읍에서 물 축제를 시작한 것도 뚜야 아저씨 덕분이다. 원래 물 축제는 동남아시아의 새해맞이 행사다. 처음에는 대포읍에 사는 외국인들을 위해 열렸는데 토박이 주민들도 재미있어 하면서 지역 행사로 자리 잡았다. 축제가 열리는 날이면 다문화센터 마당에 나라별 코너가 마련되었다. 미얀마 부스에는 뚜야 아저씨가 어린이들을 위해 준비한 커다란 함지박과 물총이 있고, 캄보디아 부스에는 용 모양 배 모형이 있었다. 대포읍 아이들은 누구나 물 축제를 좋아했다. 그런 물 축제를 작년에 이어 올해도 하지 못했다. 코로나19는 새봄이가 좋아하는 것들을 자꾸 빼앗아 간다.

새봄이는 항상 다양한 일들이 벌어지는 대포읍이 좋다. 코로나19만 아니었으면 자유학기제 동안 재미있는 시간을 보냈을 거다. 원래 대포중학교에는 이주 배경을 가진 학생들이 많아서 청소년회관, 도서관, 다문화센터와 함께 아시아 음식 축제를 열고, 베트남어나 태국어 그림책 읽기도 했다. 어른들 중에는 유서 깊은 대포읍에 이주민이 늘어나면서 전통문화가 사라지고 외국 문화가 점령했다고 걱정하는 사람도 있다. 그러나 새봄이 아빠 말로는 대포읍 주변이 도시화되기 시작한 80년대부터 이미 전통문화는 거의 사라졌다고 했다. 오히려 이주민들 덕분에 대포읍은 다른 지방 도시처럼 쇠락하지 않고 활력이 생겼다.

"오늘 아빠 독서 모임 있어서 늦는다."

아빠가 서점 문을 나서는 새봄이 뒤에다 대고 말했다. 오늘도 밤늦게까지 혼자 있어야 한다는 생각에 불쑥 부아가 치밀어 대답을 하지 않았다.

"박새봄, 아빠 말 들었어?"

"알았어."

새봄이는 퉁명스럽게 대답하고 새봄공인중개소를 지나쳐 대포분식으로 갔다.

"할머니, 예은이 있어요?"

파를 썰던 할머니가 고개를 들었다.

"없어."

"어디 갔어요?"

"요즘 날마다 도서관 가."

"도서관이요?"

"응, 너랑 가는 거 아니었어?"

새봄이는 예은이가 어느 도서관에 갔느냐고 물으려다 말았다. 요즘 대포도서관은 책을 빌릴 수만 있고 열람실은 문을 열지 않는다. 무엇보다 예은이는 책을 별로 좋아하지 않았다. 새봄이는 아무래도 예은이가 뭔가 숨기는 것 같았다.

예은이 생각을 하며 집으로 가던 새봄이는 대포초등학교 앞 육교에서 내려오는 느티 샘을 보았다. 느티 샘은 건널목을 건너자마자 월드인력으로 들어갔다. 거기에도 아는 사람이 있는 모양이었다. 대포읍 중앙로의 남쪽 어귀에는 인력 사무소들이 몰려 있다. 그 인력 사무소에서 일자리를 찾는 사람들 역시 대부분 이주민이다. 인력 사무소에서 나온 느티 샘은 이번에는 버스 정류장에서 만난 누군가와 한참 이야기를 나눴다. 새봄이는 몸을 숨기고 뒤를 밟았다. 느티 샘은 마크사 골목을 지나면서도 할아버지들과 인사를 나눴다. 대포읍에 마크사는 인력 사무소보다 더 흔하다. 군복에 명찰을 달아 주거나 디지털 군복 문양 가방, 모자, 전역복 같은 걸 파는 가게인데 대포읍뿐 아니라 근처에도 군부대가 많기 때문이다.

느티 샘은 할랄 정육점을 지나 대포 사거리 건널목을 건넜다. 새봄이는 에코 백을 고쳐 메고 언덕으로 올라가는 느티 샘을 놓칠까 봐 걱정이 되면서도 혹시라도 들킬세라 숨을 고른 뒤 따라 올라갔다. 그런데 순식간에 느티 샘이 보이지 않았다. 인적 없는 마당에는 청설모 한 마리만 총총거리다 새봄이와 눈이 마주치자 재빠르게 철망 너머로 도망쳤다. 코로나19 전에는 느티 언덕 위 마당이 늘 사람들로 북적였다. 나무 앞 평상은 장기를 두거나 민화투를 치는 노인들의 놀이터였다. 푹푹 찌는 무더위가 계속되는 여름에는 아침 일찍부터 사람들이 모였다. 느티 언덕은 대포읍에서 유일하게 사방이 트인 곳이라 바람이 시원한 데다 나무 그늘이 널찍해 더위를 피하기에 더할 나위 없이 좋았다. 한여름에는 아예 돗자리를 깔고 잠을 청하는 사람들도 있었다. 아이들도 느티나무 그늘에서 어른들한테 장기나 바둑을 배우고 보드게임을 하기도 했다. 재작년에는 초등학생부터 어른들까지 좋아하는 게임 캐릭터가 느티 언덕에 자주 출몰한다는 소문에 게임기와 스마트폰을 든 사람들이 모여들기도 했다.

새봄이는 썰렁한 느티 언덕을 두리번거리다 나무 아래로 갔다. 느티나무 잎의 연둣빛이 며칠 사이에 더 짙어졌다. 느티나무 기둥은 노인회관을 바라보는 쪽에서는 어른 키 정도 높이에서 둘로 갈라지고, 시장 쪽에서 올려다보면 새봄이 키 정도 높이에서 셋으로 갈라진다. 서쪽 기둥은 땅에서 2미터쯤 되는 높이에서 굵은 가지가 U자 모양으로 갈라져 중고등학생들이 거기에 올라가 앉아 놀다가 할아버지들한테 들켜 호되게 혼이 난 적도 있다. 나무 둘레가 워낙 굵어서 바라보는 쪽마다 모습이 달랐다. 기둥이 세 갈래로 갈라지는 남쪽에서 보면 가운데가 비어 있어 도깨비가 드나드는 문이라는 이야기가 전해 온다. 한여름이 되어 잎이 무성해지면 노인회관 앞마당 전체가 느티나무 그늘 아래 놓인다. 오후에는 그 그늘이 언덕 아래 버스 정류장까지 드리워진다. 새봄이 아빠는 대포읍의 느티나무만큼 균형 잡힌 나무를 본 적이 없다고 했다. 새봄이가 보기에도 비범해 보인다. 여름에는 짙은 초록빛이 무성하다 가을이 오면 잎이 붉은 자줏빛으로 물들고, 다시 노랗게 변하는 모습이 신비스러울 정도로 아름답다. 새봄이는 천천히 당산나무를 둘러보다가 팻말을 발견했다. 종종 놀러 왔었는데도 그런 팻말이 있는지 몰랐다.

시 보호수. 수령 500살 추정. 높이 24미터, 둘레 10미터. 대포시 대포읍 대포리 당산나무, 정자나무. 이름 홍규목. 2020. 2.

4.

—홍민용, 당장 만나.

새봄이는 민용이한테 다짜고짜 느티나무로 나오라고 메시지를 보냈다. 민용이는 새봄이가 갑자기 만나자는 이유가 궁금했지만 갈 수 없었다.

—못 가.
—왜?
—할머니 생신.
—그래? 그럼 낼 대면이니까 학교에서 보자.
—응응.

작년에는 코로나 때문에 할아버지 할머니 생신을 다 그냥 넘어갔다. 그런데 할머니가 이번에 칠순은 잔치는 못 해도 가족끼리 밥은 먹어야겠다고 고집을 피웠다. 서울 사는 고모와 작은아버지는 이런저런 핑계로 못 온다고 통보를 했다.

결국 칡고개 할머니 집에 할아버지 할머니와 민용이네 식구 다섯, 도훈이와 도훈이 할머니, 도훈이 아빠까지 열 명이 모였다. 민용이는 할머니의 웃는 얼굴을 오랜만에 보았다. 그동안 민용이 할머니와 할아버지는 논밭을 오갈 때를 빼고는 집 밖으로 거의 나가지 않았다. 민용이가 동생들을 데리고 간다고 해도 오지 말라고 말렸다. 할머니는 본인 생일이지만 가족들이 좋아하는 음식을 먹이려 버스를 타고 대포항까지 가서 꽃게를 사다가 무치고, 갈비를 재우고, 민용이가 좋아하는 잡채를 했다. 민용이 엄마는 온 식구가 좋아하는 베트남식 부침개인 반세오와 쌀국수를 준비했다.

"오늘은 밥 대신 쌀국수요. 나 오래 살라고 우리 민용이 어미가 새벽에 양지머리 고아서 만들었어요."

민용이 할머니와 엄마는 둘 다 손이 크다. 칡고개 사람들은 할머니와 엄마가 전생에 모녀지간이었을 거라 입을 모은다. 괄괄하고 부지런한 성격도 비슷하고, 음식 솜씨도 닮았다. 민용이 할머니는 며느리가 미용실을 차린 뒤 민용이네 밑반찬과 김치를 도맡아 해 준다. 할머니는 민용이가 처음 한국에 왔을 때부터 친손자처럼 아껴 주었다. 막내 윤서가 태어난 뒤 외할머니가 한국에 와서 4년 동안 지냈다. 외국에서 온 엄마들은 아이가 태어나면 육아를 도와줄 외할머니나 이모를 초청할 수 있다. 민용이 외할머니는 처음에는 대포읍과 가까운 하남면에 있는 원룸에 방을 얻었는데 할머니가 멀쩡한 집을 두고 남의 집살이를 하느냐며 건넌방을 내주었다. 외할머니는 윤서를 돌보는 와중에 외갓집 형편에 조금이나마 보탬이 되려 가까운 공장에 일까지 다녔다. 민용이는 외할머니가 와 있는 동안 마음이 불편했다. 베트남어를 많이 잊어서 대화를 잘 못 나누었기 때문이다. 그런데 희한하게도 말이 전혀 통하지 않는 친할머니와 외할머니는 친자매처럼 지냈다. 심지어 칡고개 친목회에서 봄가을 관광을 갈 때도 같이 갔다. 민용이한테 두 할머니의 우정은 느티 샘만큼이나 불가사의한 일이었다.

"우리 민용이 많이 먹어라."

민용이가 한국에 와서 생각보다 빨리 적응한 건 순전히 할머니 덕이었다. 민용이 할머니는 칡고개에서 인심 좋기로 소문이 났다. 지금 할머니 집 문간방에는 칡고개 너머 농공 단지에서 일하는 캄보디아 노동자 셋이 사는데, 할머니는 휴일마다 그 청년들에게 점심을 차려 준다. 민용이 아빠가 힘들게 셋방 청년들까지 챙기느냐고 잔소리를 하면 할머니는 정색했다.

"한집에 살면서 매정하게 혼자 먹냐? 밥상 차리는 거 하나도 안 어려워. 쌀 있겠다, 밭에 푸성귀 다 있겠다. 닭장에서 꺼낸 달걀만 부쳐도 다섯이 먹고도 남아."

할머니는 오늘도 문간방 청년들 몫으로 음식을 덜어 놓았다. 도훈이 할머니는 민용이 할머니를 보며 못 말린다는 얼굴로 투덜거렸다.

“하여간 언니는 평생을 그렇게 남 퍼 주며 살아? 민용이 아비가 언니 닮아서 사회 복지사가 됐어.”

“얼마나 좋으냐. 난 내 아들이 자랑스럽다.”

밥을 먹고 나서 아빠들은 설거지를 하고 할아버지는 안방으로, 두 할머니는 드라마를 보러 도훈이네 집으로 갔다. 민용이 엄마는 졸려서 칭얼거리는 동생들을 달래느라 정신이 없을 때 도훈이가 민용이 곁으로 와서 넌지시 물었다.

“홍민용, 너 레인보우 크루 안 할래?”

민용이는 처음엔 잘못 들은 줄 알았다.

“뭐라고?”

“레인보우 크루 하자고.”

“형 알잖아. 나 춤 못 춰.”

“재작년에 다문화 캠프 갔을 때 같이 췄잖아.”

“그땐 어쩔 수 없이 해야 됐으니까. 근데 갑자기 웬 레인보우 크루야?”

도훈이는 민용이에게 대포읍 재개발 소식과 댄스 대회 이야기를 해 주었다. 잠자코 들은 민용이가 서슴거리며 말했다.

“형, 다른 방법을 찾아보는 게 낫지 않을까?”

“내가 할 수 있는 일이 그것밖에 안 떠올라서 그래.”

민용이가 한숨을 쉬었다.

"그럼 차라리 예전 레인보우 크루를 다시 모아."

"중3들은 못 한다고 했고, 니카는 축구부 합숙 들어간대."

"그럼 사람이 없네."

"세 명은 돼."

"누구누구?"

"나, 금란이, 그리고 예은이."

"예은? 신예은?"

"응."

"걔 춤 잘 춘대?"

"몰라. 아직."

"형, 무조건 사람만 모으면 되는 게 아니잖아. 춤을 춰야 하는데."

"근데 너무 급해. 그래서 니카 대신 요한이한테 물어봤더니 네가 하면 같이 하겠대."

"아, 나요한 걔는 왜 날 끌어들여?"

"요한이뿐만 아니라 박새봄도 너 하면 한다고 했대."

민용이가 덴겁해서 되물었다.

"박새봄이 그랬다고? 누가 그래?"

"예은이가 말했더니 너 하면 자기도 해 보겠다고 했대."

"에이, 말도 안 돼. 형, 박새봄 걘 진짜 몸치야."

"괜찮아. 나도 춤에 ㅊ도 몰랐는데 이렇게 빠졌잖아."

"박새봄은 줄넘기 두 번 연달아 넘기도 못해. 나보다 더 몸치일걸?"

새봄이는 별난 아이다. 춤을 추는 건 고사하고 텔레비전이나 유튜브도 안 봐서 아는 아이돌도 하나 없다. 심지어 영화나 드라마도 잘 안 본다. 새봄이가 가장 좋아하는 것은 책이다. 아무리 서점 딸이라고 해도 좀 특이하다. 민용이도 다른 애들에 비하면 책을 꽤 읽는 편이지만 새봄이처럼 너무너무 좋아서 읽는 것은 아니다. 한국어를 익히는 데 도움이 되고, 권장 도서 정도는 읽어 두어야 나중에 좋다고 해서 읽을 뿐이다. 새봄이는 공기놀이도 잘 못 하고, 자전거도 못 타고, 아직 코인 노래방 한번 안 가 봤다. 민용이는 솔직히 새봄이가 그렇게 괴짜라서 좋다. 그런 새봄이가 레인보우 크루를 하겠다고 했다니 이유가 궁금했다.

"며칠 있다 다 같이 모일 거야. 그때 너도 와."

민용이는 도훈이가 집을 나서며 남긴 말에 대답하지 않았다. 민용이도 레인보우 크루가 작년에 공연했던 영상을 여러 번 보았다. 대포초등학교나 중학교에는 다른 학교보다 이주 배경을 가진 학생들이 많다. 부모님을 따라 중도 입국한 아이들도 적지 않지만 대부분은 엄마나 아빠 둘 중 한 사람이 외국에서 온 후, 한국에서 태어난 아이들이다. 학생 절반이 이주 배경을 가진 아이들인데 학교에서는 아직도 다문화 아이들이랑 아닌 아이들을 나눈다. 작년 연말에 청소년센터에서 열린 대회에서 대상을 받은 레인보우 크루는 그런 차별과 편견이 옳

지 않다고 춤으로 이야기했다. 민용이가 보기에도 멋있었다. 레인보우 크루가 선택한 BTS의 노래가 민용이가 듣기에는 꼭 자신들한테 하는 말처럼 들렸다. 너무 멋있어서 종종 자기가 레인보우 크루가 되어 무대에서 춤을 추는 모습을 상상해 보기도 했다. 레인보우 크루의 「러브 마이셀프」 영상 조회 수가 1만 뷰나 된 건 민용이와 같은 생각을 하는 아이들이 많기 때문일 거다. 그러나 민용이는 춤은커녕 음악 줄넘기도 못해 체육 시간에 모둠 친구들한테 지청구를 들었다. 홍민용이 레인보우 크루라니, 터무니없는 일인데 자꾸 마음이 쓰였다.

5.

저녁을 먹고 돌아오는 길에 민용이 아빠가 민용이더러 소화도 시킬 겸 느티 언덕에 올라가자고 했다. 윤서를 업은 엄마는 졸려서 칭얼대는 민서까지 데리고 먼저 집으로 들어갔다. 민용이는 아빠가 뭔가 할 말이 있나 긴장되었다. 느티나무 앞 평상에 걸터앉아 하늘을 올려다보던 아빠가 물었다.

"초승달이 떴네. 민용이 초승달이 베트남어로 뭔지 알아?"

"아니."

"흰 반 누옛."

"정말? 억양 제대로 한 거 맞아?"

"사실 자신 없어. 엄마가 가르쳐 주긴 했는데. 베트남어를 제대로 배워야겠다고 마음만 먹고 8년이 지났네."

민용이는 아빠 눈치를 보다 물었다.

"무슨 일 있어?"

"아니."

"근데 왜 여기 오자고 했어?"

"아빠와 아들이 꼭 무슨 일이 있어야 데이트를 하나? 그냥 아빠가 요즘 너무 바빠서 민용이랑 얘길 못 한 것 같아서."

"진짜지?"

"아들 뭐 찔리는 거라도 있어?"

"아니, 난 또 아빠 힘든 일 있나 하고."

"없어. 민용이는? 민용이는 힘든 거 없어?"

"응, 없어."

"동생들 보는 거 안 힘들어?"

민용이는 조금 뜨끔했다.

"엄마가 아빠한테 뭐라고 했지?"

"왜 그렇게 생각해?"

"그저께 엄마랑 싸웠거든. 민서가 나 영어 할 때 자꾸 방에 들어오려고 하고 떠들어서 내가 짜증 냈어."

"짜증 날 만하네."

"근데 엄마는 나더러 다짜고짜 사춘기냐고 그러잖아. '토이 제이 티~' 하면서 꼭 놀리듯이. 그래서 싸웠어."

"에이, 민용이도 알잖아. 그 억양이 놀리는 말이 아닌 거."

"알아. 그래도 내가 왜 화났는지는 묻지도 않고 사춘기라고 하는 자체가 기분 나빠. 사춘기가 뭐 나쁜 거야? 무슨 일만 있음 다 사춘기랑 연결해. 짜증 나게."

민용이의 말에 아빠가 껄껄 웃었다.

"진짜 사춘기 맞네."

"사춘기만 짜증 내? 엄마도 만날 나한테 짜증 내는데?"

"엄마는 힘들어서 그러지."

"그럼 뭐 나는 안 힘드나? 나도 힘들어."

"아까는 힘든 일 없다더니. 민용이는 동생들 보는 게 가장 힘들어?"

"동생들 보느라 힘든 것보다 내 시간이 없어서 힘들어. 다른 애들은 수업 끝나면 자기가 하고 싶은 거 하면서 놀고 게임하고 그러는데 나는 그럴 시간이 없잖아. 엄마 미용실 끝나는 8시까지 꼼짝도 못 해."

"미안하다."

"아빠가 미안할 일은 아니지. 나도 알아. 엄마 아빠도 어쩔 수 없는 거. 그런데도 그냥 속상한 거야. 그래도 뭐, 작년보다는 낫긴 해. 작년에는 민서 윤서를 나 혼자 하루 종일 데리고 있었잖아. 나는 내가 어린이집 선생님인 줄 착각할 뻔했어."

민용이가 너스레를 떨자 아빠가 민용이 머리를 쓰다듬었다.

"우리 민용이 다 컸네."

"진짜야. 작년에 비하면 진짜 괜찮아. 민서는 유치원 가고, 윤서도 어린이집 가니까. 나는 단지 엄마가 나도 힘들다는 걸 알아줬으면 좋겠는데, 엄마는 내가 집안일 하고 동생 보는 걸 너무 당연하게 여겨. 엄마는 너무 열심히 살아. 그러면서 나도 당연히 그래야 한다고 생각해. 내가 맏아들이라고. 그럴 때마다 억울해."

민용이는 울컥하는 걸 억지로 참았다. 아빠가 민용이의 어깨를 토닥였다.

"민용아, 미안해. 아빠가 집에서 맡은 몫을 잘하면 안 그럴 텐데. 엄마가 열심히 일하는 건 가족을 위해서야. 아빠 복지관에 인력 충원하면 여유가 생길 거야. 그러면 아빠도 집안일 할 수 있고, 엄마가 민용이한테 의지하는 것도 줄 거야. 민용이가 조금만 더 참고 엄마를 이해해 줘."

"아까는 나더러 힘들면 얘기하라더니 지금은 엄마를 이해하래. 나는 엄마를 이해 못하는 게 아니야. 나도 이해를 받고 싶은 거라고. 내가 힘든 점도 알아달라는 건데 엄마는 내 말을 이해 못하니까……."

민용이는 기어이 울음이 터지고 말았다. 언젠가부터 민용이는 엄마와 속 깊은 이야기를 할 수 없게 되었다. 민용이는 한국어가 더 편해졌고 엄마는 민용이의 속마음을 알아들을 만큼 한국어가 익숙하지 않았다. 엄마와 민용이의 갈등은 늘 거기서 시작했다. 민용이가 우는 동안 아빠는 민용이의 등만 쓰다듬었다. 한참 울고 나니 마음이 좀 후련해졌다. 민용이는 멋쩍게 웃으며 눈물을 훔쳤다.

"참 이상해. 엄마는 미용사 필기시험도 합격했으면서 왜 내 말은 이해하지 못하는지 모르겠어."

"시험은 외우면 되지만 마음을 나누는 말은 더 어렵거든. 아빠가 엄마한테 민용이 마음 잘 전해 볼게. 이제 들어가자. 엄마 기다리겠다."

평상에서 일어나는 아빠에게 민용이가 물었다.

"근데 아빠, 대포읍도 이제 신도시처럼 돼?"

"신도시처럼? 왜?"

"대포읍에 유명한 아파트가 들어온다고 플래카드 걸어 놨잖아."

"확정된 건 아니야."

"그래? 그럼 다행이다."

안심하는 민용이를 보고 아빠가 고개를 갸웃거렸다.

"다행이라고? 민용이 아파트에 살고 싶다며?"

"아파트에 살고 싶지. 그렇지만 걱정되는 게 있어서……."

민용이가 말끝을 흐리자 아빠가 의아한 얼굴로 물었다.

"뭐가?"

"있잖아, 도훈이 형한테 들었는데 아파트가 생기면 느티 언덕이 반쯤 깎여 나갈지 모른대. 그럼 안 되잖아."

민용이 말에 아빠의 얼굴에도 그늘이 졌다.

"민용이가 여길 그렇게 좋아하는 줄은 미처 몰랐네. 사실 아빠도 그게 걱정이지만 홍규목은 함부로 못 건드려. 이 느티 언덕 주인이 홍규목이거든."

"진짜야? 예전에 할아버지한테 듣긴 했는데, 어떻게 나무가 땅을 가져?"

아빠가 다시 평상에 앉았다.

"내가 몇 년 전에 등기소에서 확인했더니 1943년에 등기가 났더라고. 홍규목은 옛날 주민 등록 같은 번호도 있어. 1943년이면 일제 말이잖아. 마을 사람들이 홍규목을 지키려고 그랬던 거래."

"무슨 일이 있었는데?"

"원래 홍규목 옆에 700살이 넘는 당산나무가 있었대. 나라에 우환이 있으면 한여름에도 잎을 떨어뜨리거나 늦은 봄까지 잎을 달지 않아서 미리 알려 주는 용한 나무였대. 그런 나무에 일제가 불을 지른 거야."

"왜?"

"독립 의지를 꺾고 마을 공동체를 와해시키려고 했던 거겠지. 일제가 그런 짓을 많이 했거든. 우리 마을은 오래전부터 주로 논농사를 지었던 곳이라서 두레가 잘 발달했었어. 우리 지역 농악대가 무형 문화재가 된 것도 그런 전통 덕분이고. 그래서 일제에 대한 저항도 컸을 거야. 아빠가 어렸을 때까지 정월 대보름, 단오제, 백중, 추석마다 농악대가 모였어. 할아버지한테 듣기로는 일제 때도 그걸 계속했대. 일제한테는 이 당산나무와 당산제가 눈엣가시였겠지. 당산나무를 불태우면 사람들의 단합과 독립 의지를 꺾을 수 있을 거라 생각했나 봐."

"나빴다. 근데 홍규목은 불에 타지 않았네? 가까이 있었다면서?"

"할아버지가 증조할아버지한테 들은 이야기로는 당산나무에 불이 났을 때가 한밤중이었는데 누가 불이야, 불이야 하고 마을 사람들을 깨웠다는 거야. 사람들은 그게 홍규목 안에 사는 도깨비라고 했대. 어쨌든 덕분에 마을 사람들이 다 나와서 불을 껐지. 그렇게 애를 썼는데도 당산나무가 등걸만 남고 다 타 버려서 마을 사람들이 통곡을 했대. 그런데 죽은 줄 알았던 그 나무에서 봄에 다시 새순이 돋더래. 그렇게 10년을 더 살다가 시름시름 죽어 갔대. 할아버지 말로는 후계목인 홍규목이 자기 대를 잇게 하기 위해 버틴 거라고. 그럴 수 있을 것 같아. 그 뒤에 홍규목이 대를 이어 당산나무가 된 거고."

"그래서 어떻게 홍규목이 느티 언덕 주인이 됐는데?"

"그때 마을 사람들이 다 같이 쌀이랑 돈을 모아 이 언덕을 사서 홍규목 앞으로 등기를 냈대. 앞으로 누구도 홍규목을 함부로 다치게 하거나 벨 수 없게 하려고."

"멋지다."

"그렇지? 참 자랑스러워. 그 덕분에 홍규목이 이렇게 500살이 넘도록 살아 있으니까."

"500살이 넘은 건 어떻게 알아?"

"예전에 시 보호수로 지정받을 때 나무의 나이테를 조사하는 분들이 왔었는데 500살은 넘은 것 같다고 했어."

"나무 나이를 어떻게 계산해? 신기해."

"생장추라는 기구가 있더라고. 살아 있는 나무의 나이테를 알기 위해 몸통에 작은 구멍을 뚫어서 목편을 채취하는 거래. 다른 방법도 있다는데 홍규목은 그걸로 했지. 그때 오신 분들이 그러는데 나이테를 보면 나무가 겪은 일을 대충 짐작할 수 있대. 가뭄, 홍수, 더위, 추위, 그런 것까지."

"그런데 요즘엔 당산제를 할아버지랑 아빠만 드려?"

"농사짓는 사람들이 점점 줄고 외지 사람들이 많아지니 마을 공동체도 예전 같을 수 없었겠지. 그래서 오래전부터 당산나무를 돌봐 왔던 우리 집안에서 맡게 된 거야."

"옛날 당산제는 어땠을지 상상이 안 돼. 요즘 하는 물 축제나 세계 음식 축제랑은 또 달랐겠지?"

"그럼. 그때가 그리워. 정월대보름이 되면 형들을 쫓아서 개울가로 나가 쥐불놀이를 했어. 새벽부터 여기서 제를 지내고 농악대가 앞장서 지신밟기를 시작했지. 그 농악대를 따라 동네를 돌고 나면 해가 중천에 떴어. 지금 생각해도 참 흥겹고 따뜻한 풍경이야. 이제까지 나를 버티게 해 준 힘이 그것 같아. 나는 힘들 때마다 홍규목 덕분에 이겨 낼 수 있었어. 어렸을 때 큰누나가 병으로 죽었을 때, 원하던 대학에 떨어졌을 때, 아들이 세상을 떠났을 때도. 그래서 아빠는 이 홍규목을 어떻게든 지킬 거야. 나뿐 아니라 우리 대포읍에는 홍규목을 훼손하는 걸 그냥 두고 보지 않을 사람들이 많아."

민용이는 자기가 짐작했던 것보다 홍규목이 아빠한테 더 소중한 존재라는 게 느껴졌다.

"방법이 있어?"

"고민해 봐야지. 예전에 홍규목을 천연기념물로 등재하려다 못 한 적이 있거든. 그걸 다시 추진해 볼까 생각 중이야."

"천연기념물? 멋지다. 그런데 그때 왜 못 했어?"

"기준이 되게 까다롭더라고. 나무가 건강해야 하고 그 나무에 깃든 특별한 사연이 있다거나 마을 공동체와 유대도 중요하고."

"어? 홍규목이 딱인데?"

"그렇긴 한데 자료가 부족했어."

"그럼 다시 신청해도 여전히 힘든 거 아냐?"

"그래도 문화재청 천연기념물과에 문의해 보려고. 느티 샘이 좋아하실지 모르겠지만."

민용이는 아빠가 무심코 한 말에 귀가 번쩍 뜨였다.

"아빠 지금 뭐라고 했어? 느티 샘?"

"응."

"아빠도 느티 샘 알아?"

"알지."

아빠가 아리송한 표정을 짓는 민용이를 내려다보았다. 민용이는 자기도 모르게 침을 꿀꺽 삼키고 허리를 곧추세웠다.

"아빠 혹시 기억 나? 나 초등학교 입학식 날 길 잃었던 거?"

"당연히 기억하지."

"그때 아빠는 내가 느티 언덕에 있는 줄 어떻게 알았어?"

"알았던 건 아니고, 여기 있기를 바라고 왔었지."

"그게 무슨 말이야?"

"여기 왔다면 느티 샘이 민용이를 보호해 주었을 테니까."

민용이는 아빠가 느티 샘에 대해 잘 알고 있다는 느낌이 들었다.

"아빠, 혹시 아빠도 저 홍규목 안에 들어가 본 적 있어?"

"그럼."

민용이는 아빠의 대답이 너무 천연덕스러워 불뚝성이 났다.

"아빠는 그럼 다 알면서 엄마가 꿈이라고 할 때 가만히 있었어?"

아빠가 겸연쩍은 얼굴로 변명을 했다.

"엄마가 걱정하니까. 엄마는 오래된 나무에 요괴가 산다고 믿더라고. 엄마는 한국어가 서툴고 나는 베트남어가 서투르니 자세히 설명할 수가 없었어. 언젠가 너한테는 말해 줘야지 했는데 어영부영 지나갔네."

민용이는 허탈해서 맥이 다 빠졌다.

"아, 아빠. 진작 말해 주지 그랬어. 난 그게 정말 꿈인지 현실인지 계속 헷갈렸단 말이야."

"궁금하면 민용이가 물어보지 그랬어."

"아, 그땐 나도 한국말을 못했잖아."

민용이가 성을 내자 아빠가 얼떨떨한 표정으로 물었다.

“그게 그렇게까지 화가 날 일이야?”

“아, 진작 알았으면 내가, 내가…….”

민용이는 화를 내다 제풀에 꺾이고 말았다. 그때 일을 믿지 못한 건 자기 자신이기도 했다. 새봄이에게 이 사실을 말하면 어떤 표정일지 궁금해졌다. 갑자기 입을 다물고 생각에 빠진 민용이에게 아빠가 말을 건넸다.

“대포읍에서 나고 자란 사람들은 느티나무랑 얽힌 사연 하나씩 다 있어. 어른이 돼서도 대포읍을 떠나지 않는 사람들은 특히. 도훈이 아빠, 새봄이 아빠. 그리고 스마일 핫도그, 명진 슈퍼, 발효 빵집, 벼꽃 카페, 대포 순대 국밥, 청년 채소 가게 사장…….”

아빠는 민용이에게 느티 샘과 얽힌 대포읍 사람들 이야기를 하나씩 들려주었다. 이제 그만 들어오라는 엄마의 전화에 아빠가 농담처럼 말했다.

“지금 아들이랑 아주 중요한 이야기를 하고 있어요. 오늘 밤은 여기서 새울지도 모르겠어요.”

6.

새봄이는 느티나무 앞 팻말이 실마리가 되어 줄 것 같은 느낌이 들었다. 민용이를 만나 당장 묻고 싶은 게 있었지만 할머니 생신이라니 학교에서 만나서 얘기할 수밖에 없었다. 아무도 없는 집으로 또 혼자 들어가려니 발걸음이 무거웠다.

새봄이네가 사는 아파트는 2년 전 입주한 대포읍 유일의 브랜드 아파트다. 대포읍에 브랜드 아파트라니 새봄이가 생각하기엔 생뚱맞다. 그런데 엄마는 그 아파트 덕분에 대포읍이 발전했다고 믿는다. 이 단지가 들어서기 전에는 LH와 이름 없는 건설 회사의 아파트들이 몇 동 있을 뿐 주변은 다세대 주택이나 논밭과 공장이었다. 새봄이네 아파트가 들어선 자리도 원래 논이었고 그 옆으로 진달래산이라는 낮은 산이 있었다. 아파트가 들어서기 전에는 봄이 오면 산마루가 붉은 진달래꽃 천지였다. 그러나 이제 그 진달래산은 아파트 주민들을 위한 체육공원이 되었다.

새봄이는 아파트에 사는 지금보다 평화서점 3층에 살 때가 더 좋았다. 학교도 가깝고 친구들도 가까이 살았다. 새 아파트로 이사 온 뒤 아빠는 서점 문을 닫는 10시가 넘어야 집에 오고, 엄마 역시 사업 때문에 자정이 다 돼서 온다. 아무리 생각해도 아파트로 이사 온 까닭을 알 수가 없다.

삐삐삐 드르르륵. 새봄이는 현관문 잠금장치가 열리는 소리가 싫다. 가슴이 서늘해지는 느낌이다. 집으로 들어와서는 곧장 주방으로 가 냉장고를 열었다. 눈에 띄는 건 두부 국수와 계란, 두유뿐이다. 새봄이네는 집에서 밥을 거의 먹지 않는다. 엄마 아빠가 밖에서 끼니를 해결하는데 새봄이 혼자 집 밥을 먹기는 어려웠다. 코로나19 이후로는 아예 배달 음식과 인스턴트 음식이 주식이었다. 새봄이는 두부 국수에 즉석 카레를 부어 식탁 앞에 앉았다. 그리고 태블릿과 수학, 영어 교재를 펼쳤다. 이사 온 지 2년이 넘었지만 식구들이 식탁에서 다 같이 밥을 먹은 건 오빠가 군대 가기 전날뿐이었다. 600만 원짜리 이탈리아산 호두나무 식탁은 새봄이 책상이 되고 말았다. 새봄이는 줌으로 듣는 수학 과외와 영어 학습지를 끝내고 나서야 방으로 들어왔다. 잔소리하는 사람이 없으니 씻지도 않고 겉옷을 입은 채 침대에 누워 스마트폰 화면을 열었다. 평소 같으면 책을 펼쳤겠지만 낮에 예은이한테 메시지를 받고 BTS 노래를 들어 보기로 했다. 아까 예은이가 뜬금없이 레인보우 크루를 해 보지 않겠느냐고 물었다. 앞뒤 없는 질문에 새봄이 역시 앞뒤 없이 민용이가 하면 같이 하겠다고 답을 달았다. 그러자 곧 민용이한테 물어보겠다는 답장이 왔다. 민용이가 절대 레인보우 크루에 들지 않을 줄 알기에 장난으로 보냈는데 예은이가 진지하게 받아들이는 듯해 찔렸다. 새봄이는 자기가 춤을 추는 상상을 하며 혼자 웃었다.

노래를 듣다 깜박 잠이 들었던 모양이다. 엄마 아빠가 싸우는 소리에 눈을 떠 보니 새벽 2시가 넘은 시간이었다. 언뜻언뜻 이혼이라는 단어가 들렸다. 엄마는 좋은 대학을 나와 서점을 하고 있는 아빠가 실패한 인생이라고 했다. 새봄이는 엄마가 뭐라고 하건 아빠가 서점을 끝까지 지키길 바란다. 언니는 엄마 아빠더러 그렇게 싸우느니 이혼을 하라고 그런다. 처음 그 말을 들었을 때는 하늘이 무너지는 줄 알았는데 요즘은 새봄이도 같은 생각이다. 창밖이 희끄무레하게 밝아 올 무렵에야 엄마 아빠의 다툼이 잠잠해졌다. 새봄이는 대충 세수를 하고 집을 나섰다.

새봄이가 향한 곳은 느티 언덕이었다. 이 시간의 당산나무는 낮보다 더 우람하게 보였다. 느티나무의 여린 잎이 멀리 한강 너머 아파트 숲 위로 떠오른 아침 햇살을 받아 반짝거렸다. 길가의 벚나무에 꽃이 폈다가 지고, 다시 연둣빛 잎으로 옷을 갈아입는 동안에도 빈 가지였던 느티나무가 이제야 봄빛을 채웠다. 며칠 전부터는 연둣빛 잎사귀 아래 동글동글 수수 열매처럼 생긴 꽃도 달리기 시작했다. 어디선가 불어온 바람에 느티나무 여린 잎들이 오쫄오쫄 춤을 추었다. 새봄이는 어려서부터 봐 온 느티나무에 꽃이 핀다는 걸 며칠 전에야 알게 되었다. 민용이가 알려 주지 않았다면 몰랐을 것이다. 덕분에 요즘 느티나무가 새록새록 다르게 보인다. 곰곰이 생각하면 이렇게 크고 멋진 나무가 있는 동네에 사는 것도 행운이다. 새봄이는 당산나무를 천천히 한 바퀴 돌았다. 당산나무에 대한 정보를 적은 안내판에는 흉고 직경이 12미터라고 쓰여 있다. 정확히는 모르지만 나무 기둥 둘레를 말하는 것 같았다. 높이는 20미터라는데 더 높아 보였다. 당산나무에 기대어 위를 올려다보면 다른 나무 기둥만 한 가지에서 뻗어 나간 가지들이 셀 수 없이 많고 그 가지마다 연둣빛 이파리들이 촘촘하게 달려 있어 바람이 불 때마다 차랑거렸다. 그렇게 나무 위를 보고 있으면 당산나무 하나가 숲처럼 느껴졌다. 당산나무는 땅 위로 뿌리들이 불끈불끈 솟아 있고 그 뿌리가 뱀처럼 꿈틀거리며 마당 한가운데까지 이어졌다. 사람들이 하도 밟고 다녀 매끈매끈 윤이 나는 부분도 눈에 띄었다. 거대한 나무 기둥은 여기저기 껍질이 벗겨지고, 연둣빛 이끼로 덮인 곳도 있었다. 그 위로 개미가 부지런히 오르내렸다. 새봄이는 당산나무를 탑돌이 하듯 돌고 또 돌았다. 그때 갑자기 뒤에서 인기척이 들렸다.

"안녕, 새봄."

새봄이가 깜짝 놀라 돌아보니 느티 샘이 서 있었다.

"어, 언제부터 거기 계셨어요?"

느티 샘은 대답 없이 빙그레 웃기만 했다. 교실에서 볼 때는 몰랐는데 느티 샘한테서 상큼한 풀 향기가 났다. 아침 햇살을 받아서 그런지 몸에서 빛이 나는 듯 보였다.

"근데, 제 이름을 어떻게 알아요?"

"왜 몰라? 6학년 때 내가 두 달이나 임시 담임이었는데."

새봄이는 느티 샘이 자기를 기억해 주어 은근히 기뻤다.

"새봄아, 나 지금 성당 아래 빵집 가는데 같이 갈래?"

"네?"

"산책 겸 같이 가자고."

"네."

새봄이는 얼떨결에 느티 샘을 뒤따랐다. 갈색 면바지에 올리브색과 초록색 체크무늬 남방을 입은 느티 샘이 되록되록 걷는 모습이 귀엽게 보여 자기도 모르게 벙실거렸다. 너무 이른 아침이라 문을 열었을까 궁금했는데 빵집 가까이 가자 고소한 냄새가 새어 나왔다. 발효 빵집 사장님은 새봄이 오빠와 초등학교 동창이다. 제빵 전문학교를 나와서 삼거리에 있는 프랜차이즈 빵집에서 제빵사로 일하다가 작년에 가게를 냈다. 다행히 빵이 맛있다고 소문이 났다. 보건소 앞에 큰 프랜차이즈 빵집이 있고 중앙로 상가에도 빵집이 세 개나 되는데 이 작은 빵집이 잘된다니 새봄이도 뿌듯했다.

"샘 오셨어요? 어, 새봄이도 왔네?"

빵집 사장님은 이른 아침에 새봄이를 보고도 놀라지 않고 반갑게 맞았다.

"새봄아, 박솔뫼 휴가도 못 나오지?"

"네, 코로나 때문에 나중에 한꺼번에 나온대요."

사장님이 조리실로 들어가더니 김이 모락모락 나는 빵을 쟁반에 가득 담아 나왔다. 오븐에서 금세 꺼내 고소하고 달콤한 냄새가 솔솔 풍기자 배에서 꼬르륵 소리가 저절로 났다. 빵집 사장님은 빵을 종이봉투 세 개에 나눠 담았다.

"샘, 봉투는 열어 놔야 해요. 안 그러면 빵이 눌려요. 갓 구운 거라."

"이젠 나도 잘 알지. 매번 고마워."

"고맙기는요. 제가 고맙죠. 오늘 빵은 신제품이에요. 작년에 괴산 대학 옥수수를 사다 말려 빻은 가루에 강화 토종 밤을 넣어 만든 식빵이에요."

"아이들이 엄청 좋아하겠는데?"

"맛 꼭 평가해 주세요. 다음 주에도 새로운 빵 나오니까 기대해 주시고요."

"그래, 고마워."

선생님은 빵을 받아들고는 이번에는 농협 아래에 있는 새마을슈퍼로 갔다. 간판에는 'since 1978'이라고 쓰여 있다. 3대가 이어서 하는 슈퍼다. 대포읍 토박이들은 가까운 편의점이나 농협 마트를 두고 꼭 여기까지 와 물건을 산다. 채소와 정육을 대포읍 근방에서 나온 걸로만 팔아서 싱싱하고 가격도 싸다. 안으로 들어가자 새마을슈퍼의 3대 사장님이 나왔다. 작년 겨울에 아빠가 된 사장님은 아기를 안고 있었다.

“오늘도 흰 우유 세 개, 딸기 우유 두 개, 초코 우유 다섯 개죠?”

“오늘은 한 개 더.”

슈퍼 사장님이 우유를 내어 주며 새봄이에게 눈을 찡긋했다. 슈퍼 사장님도 느티 샘을 따라온 새봄이를 의아하게 보지 않았다. 다음에 간 곳은 대포 시장 어귀에 있는 청과물 가게였다. 생긴 지 얼마 안 된 청년 채소 가게 사장님도 대포고등학교 졸업생이다.

“샘, 오늘은 토마토가 좋아요. 제가 먹기 좋게 손질해 놨어요.”

“고마워. 애들이 좋아하겠다.”

토마토를 받아드는 느티 샘을 보며 새봄이는 그제야 이제까지 한 번도 돈을 내지 않았다는 걸 깨달았다. 느티 샘이 토마토를 새봄이에게 건네며 부탁했다.

“이건 새봄이가 들어 줄래?”

“네.”

느티나무로 다시 돌아오자 7시가 다 되었다.

“새봄이도 아침 먹고 갈 거지?”

당연한 듯 묻는 느티 샘의 말에 잠시 어리둥절했던 새봄이가 잽싸게 고개를 끄덕였다. 두 사람이 나무 앞에 서자 문이 열렸다. 새봄이는 놀라 심장이 멎는 줄 알았다. 지금까지 풀리지 않던 느티 샘의 수수께끼가 한꺼번에 풀리는 순간이었다. 느티나무 안은 밖에서만 봤던 것보다 넓었다. 둘레가 12미터라고 했는데 안은 훨씬 넓게 느껴졌다. 뜻밖의 공간보다 새봄이를 더 놀라게 한 것은 창문 아래 커다란 탁자 앞에 선 도훈이와 예은이였다. 예은이는 새봄이를 보고 잠깐 놀란 표정을 지었지만 이내 반갑게 다가와 토마토를 받았다.

"이리로 와서 같이 아침상 차리자."

예은이에게 이끌려 탁자 앞으로 다가가자 느티 샘이 방금 받아 온 빵과 우유를 펼쳐 놓았다. 새봄이가 들고 온 토마토도 접시에 나눠 담았다. 도훈이와 예은이는 익숙하게 포크를 탁자에 둘러 가며 놓았다. 잠시 뒤에 금란이가 동생들을 데리고 들어왔다. 아이들은 새봄이를 보고도 특별히 관심을 보이지 않고 늘 곁에 있던 것처럼 대했다.

"빵 냄새 엄청 좋다. 배고파."

다른 아이들도 오는 대로 탁자에 빙 둘러앉았다. 새봄이 옆에 앉은 한 아이가 빵 하나를 건네주었다.

"언니도 먹어."

새봄이는 얼떨결에 받아 한입 베어 물었다. 고소한 맛이 입안 가득 퍼졌다. 아이들은 빵과 우유를 먹으며 끊임없이 조잘거렸다. 느티 샘은 이야기에 일일이 귀를 기울여 주었다. 예은이와 도훈이는 아이들이 흘린 우유를 닦아 주고, 빵을 더 잘라 주기도 하며 느티 샘을 도왔다. 새봄이는 한 번도 경험해 보지 못한 아침이었다. 배가 부른 아이들은 여기저기 흩어져 놀거나 그림책을 뒤적거렸다. 느티 샘이 새봄이에게 물었다.

"어때? 새봄이도 아침마다 같이 먹을래?"

"그래도 돼요?"

"그럼."

아침을 먹고 학교 가는 길에 예은이는 새봄이 눈치를 자꾸 살폈다.

"어떻게 나한테 말을 안 해 줄 수 있어?"

새봄이의 볼멘소리에 예은이가 변명했다.

"말해 줘야 하는지 몰랐어. 어차피 느티나무에는 돌봄이 필요한 애들만 오니까."

"돌봄이 필요한 사람? 아까 거기 온 애들 느티 샘이 돌보는 애들이야?"

"아니, 우리는 서로를 도와. 물론 느티 샘이 있어서 가능한 일이지만."

"느티 샘이 홍규목인 거 맞지?"

"그럴걸?"

"어떻게 사람이 됐대?"

"몰라."

"모른다고?"

"응."

"안 물어봤어?"

"응."

새봄이는 예은이가 답답하다는 듯이 여러 번 되물었지만 예은이는 오히려 새봄이의 질문이 마뜩잖은 표정이었다.

7.

새봄이는 수업이 끝나자마자 민용이를 만나 아침에 느티나무에 갔던 이야기를 털어놓았다. 민용이도 아빠에게 들은 이야기를 해 주었다. 새봄이는 다짜고짜 민용이의 손을 잡아끌었다.

"가자."

"어디를?"

"느티 샘 만나러."

"왜?"

"물어봐야지. 궁금하잖아."

새봄이와 민용이가 느티나무 앞에 서자 저절로 문이 열렸다. 민용이의 눈이 휘둥그레졌다. 느티나무 안은 6년 전 그 모습 그대로였다. 바뀐 것은 책이 더 많아진 정도였다. 낮이라서 그런지 실내가 더 밝게 느껴졌다. 1, 2학년으로 보이는 아이들이 블록놀이를 하며 민용이와 새봄이를 흘끗거리다가 이내 관심을 거두었다.

"진짜 꿈이 아니었어!"

민용이가 뭐에 홀린 듯 중얼거렸다.

"넌 와 보고도 놀라냐? 그러니 나는 어땠겠냐. 안 놀란 척하느라고 엄청 힘들었어."

"왜 굳이 안 놀란 척했어?"

"그냥."

새봄이가 어깨를 으쓱하고는 느티나무 안을 둘러보다 아이들에게 물었다.

"얘들아, 샘은 어디 가셨어?"

"학교에서 아직 안 오셨어."

새봄이가 민용이를 보며 눈짓했다.

"아, 맞다. 학교에 계시겠구나."

새봄이와 민용이는 어색하게 서서 두리번거리다가 소파에 앉았다. 그러자 맞은편에 혼자 앉아 있던 아이가 까마반드르한 머리카락을 찰랑이며 새봄이한테 다가와서 그림책을 내밀었다.

"읽어 줘."

새봄이는 아이의 까맣게 반짝이는 눈을 바라보며 오래전 민용이를 떠올렸다.

"이름이 뭐야?"

"민."

"민?"

민용이가 옆으로 다가와 물었다.

"너 베트남에서 왔어?"

"응."

새봄이가 민용이를 바라봤다.

"너 처음 봤을 때랑 닮았어."

"내가 이렇게 귀여웠어?"

민용이의 장난에 새봄이가 고개를 끄덕였다.

"넌 더 귀여웠어. 내가 한눈에 반할 만큼."

"또 헛소리."

"진짠데?"

민용이는 새봄이에게 눈을 흘기고 민이가 들고 있던 그림책을 받아들었다. 민용이도 좋아했던 그러그 시리즈였다.

"민, 한국에 온 지 얼마나 됐어?"

"일곱 살 때 왔어. 지금 여덟 살이야. 형, 베트남 사람?"

"응."

"형 한국말 잘해?"

"7년 됐으니까. 1학년 때는 민보다 더 못했어."

"나 이제 한국 이름 생겨."

"그래? 한국 이름 뭔데?"

"최명우."

"최명우. 예쁘다. 민은 베트남 말 기억해?"

민용이의 물음에 민이가 시무룩한 표정으로 대답했다.

"아니. 나 베트남 말 자꾸 까먹어. 엄마한테 혼나."

"나도 베트남 말 까먹었어. 어쩔 수 없어."

"형도 그랬어?"

"응."

민이가 환하게 웃었다. 민용이는 민이를 제 무릎에 앉히고 책을 읽어 주었다.

"민용이 이제부터 여기 와서 1, 2학년 친구들한테 책 읽어 주면 되겠다."

깜짝 놀라 돌아보니 느티 샘이 서 있었다. 반가운 마음에 인사하려는데 새봄이가 다짜고짜 선생님에게 다가섰다.

"궁금한 게 있어서 왔어요."

"그래? 여기에서 얘기할까?"

"어디에서든 괜찮아요."

"그럼 우리 밖으로 나갈래?"

뒷문으로 나서니 찔레꽃 향기가 코를 찔렀다. 민용이와 새봄이를 보고 다람쥐가 재빠르게 몸을 숨겼다. 계곡 위에는 나무들이 빽빽했다. 그쪽은 주민센터를 비롯한 관공서 건물들이 모여 있는 곳이었다. 어리둥절한 표정으로 산을 올려다보는 민용이를 보고 느티 샘이 말을 건넸다.

"저 숲은 내 기억의 숲이자 내가 꿈꾸는 미래의 숲이야."

새봄이가 눈을 반짝였다.

"그럼 느티나무에 들어오면 다른 차원으로 가는 거예요?"

"그런 건 아니고. 이곳은 내 기억 속에 있는 느티 언덕이야."

"와, 신기하다."

"일단 여기 앉을까?"

느티 샘이 빙그레 웃으며 계곡 가까이 있는 나무 의자를 가리켰다. 민용이와 새봄이가 앉자 느티 샘도 옆에 앉았다.

"자, 뭐가 궁금하십니까?"

"샘은 언제부터 사람으로 변했어요?"

새봄이 물음에 느티 샘이 깔깔깔 크게 웃었다.

"다짜고짜? 새봄이는 내가 사람이 아니라고 생각해?"

"아니잖아요."

"나한테 대놓고 언제부터 사람으로 변했느냐고 물은 사람은 네가 처음이야."

"그럴 리가요!"

"진짜야. 다들 그런가 보다 하고 넘어갔지."

"그럼 한 번도 말해 준 적 없어요? 예은이랑 도훈이 오빠한테도요?"

"응. 묻지 않았으니까."

"저는 물을래요. 언제부터였어요?"

새봄이가 다그쳐 묻는데도 느티 샘은 느긋했다.

"음, 한 100년 전쯤? 그땐 다급해서 나도 모르게 나무 밖으로 나왔지."

"무슨 일이 있었는데요?"

"우리 엄마 나무에 불이 났거든. 불이 붙은 게 무서워서 앞뒤 생각 없이 튀어 나갔어. 사람들을 불러야 불을 끌 수 있으니까. 그때 이후로 한동안은 밖으로 나가지 않았어. 그 대신 일본 헌병에 쫓기는 사람들을 내 안에 숨겨 주곤 했지. 그러다 다시 인간 세상으로 나온 지 한 50년쯤 됐나?"

"그때는 왜 나왔어요?"

"그래야 할 것 같았어. 나는 오랫동안 숲의 일원이면서 동시에 마을의 일원이기도 했어. 그래서 나를 둘러싼 주변의 변화를 받아들이기가 쉽지 않았지. 숲이 줄어들면서 자연에서는 멀어지고 사람들과 가까워졌어. 엄마 나무가 떠난 뒤부터 사람들이 내게 와서 비밀을 털어놓고 소원을 빌었어. 나를 지켜 주고 믿어 주는 사람들이 고마웠지만 점점 두렵기도 했어. 그래서 함께 살아갈 방법을 찾고 싶었어."

"샘은 나무잖아요. 나무는 뇌가 없잖아요. 그런데 어떻게 그런 생각을 하고 말을 해요? 말이 안 되는 일이잖아요?"

"사람들은 뇌가 없는 존재는 사고할 수 없다고 생각하지? 호모 사피엔스의 역사는 고작 25만 년이지만 식물의 역사는 4억 년이 넘어. 그 시간을 버티며 살아남으려면 우리에게도 많은 정보와 경험, 사고가 필요하지 않았을까? 물론 인간의 방식과는 다르게. 우리는 삶의 방식 자체가 인간이나 동물과 다르니까. 지금 새봄이, 민용이와 이야기하는 나는 식물의 방식으로 생각하고 말하는 건 아니야. 어쩌다 보니 나는 인간의 방식을 많이 배우게 됐어. 식물은 동물과 달리 뇌 세포가 몸 전체에 흩어져 있다고 보면 돼. 하늘을 향해 뻗은 우듬지와 나뭇가지, 이파리, 그리고 뿌리와 잎을 연결하는 수많은 세포가 다 뇌와 같은 역할을 하지. 또 우리도 사람들처럼 주변의 다른 존재들과 끊임없이 소통하며 살아가. 우리의 대화에는 매개가 필요해. 그 매개는 다른 식물이 될 수도 있고, 곤충과 동물이 뿜어내는 화학 물질이나 바람, 동물의 몸 그 자체일 수도 있어. 가장 부지런히 소통하는 건 뿌리야. 흙 속 미생물들이 인간들이 사용하는 전파처럼 소통의 도구가 되어 주지. 다른 미생물들과 물이나 영양분을 주고받으면서 한해살이를 계획하고, 환경 변화에 대처하기도 해. 지독한 가뭄이나 강력한 태풍을 어떻게 피할지, 추운 겨울과 뜨거운 여름이면 뿌리에 수분을 얼마만큼 저장해야 하고, 영양분은 어디에 보관할지 판단하고 결정해. 우리 식물은 하나의 공동체라고 할 수 있어. 사람의 몸을 유기체라고 하잖아? 식물도 마찬가지야. 또 우리도 동물처럼 다른 동물이나 식물과 서로 협력하며 살아가. 그 경험들 덕분에 내가 사람들 속으로 들어가는 게 그다지 어렵지 않았던 것 같아."

새봄이가 감동한 눈빛으로 말했다.

"놀라워요. 샘, 꼭 박사 같아요."

새봄이 말에 느티 샘이 또 한번 크게 웃었다.

"그렇게까지 놀라울 건 없어. 새봄이도 수많은 세포와 화학 물질로 이루어진 공동체인걸. 식물과 인간은 유전자가 거의 70퍼센트 같다고 하잖아."

"어떻게 그렇게 아는 게 많아요?"

"내가 지금 너희에게 말해 준 식물에 대한 이야기는 수백 년 동안 몸으로 체험했지만 그 경험들을 인간의 언어로 말할 수 있는 건 모두 책 덕분이야."

"책이요?"

"응. 책을 읽기 전에는 우리가 살기 위해 수억 년 동안 해 온 먹이 활동을 광합성이라고 한다는 건 몰랐지. 우리는 우리의 방식으로 지혜를 나눠 왔으니까."

"그럼 책은 어떻게 읽게 됐어요? 아니, 사람 말과 글을 어떻게 배웠어요?"

"인간의 말은 자연스럽게 듣게 됐어."

"어떻게요?"

"엄마 나무의 도움으로. 우리 나무들도 대부분의 지식을 우리보다 먼저 태어난 나무들에게서 배워. 글을 읽기 위해서는 노력을 많이 했지. 내 몸 밖으로 나와 사람들 속으로 들어온 뒤 열심히 공부했어. 대포도서관에서 책을 가장 많이 빌려 본 게 나일걸? 도서관이 생기기 전에는 새봄이 할아버지 도움을 많이 받았지."

"우리 할아버지요?"

"응. 평화서점 1대 사장님이 힘껏 보살펴 주셨어. 책을 빌려 주시고, 아이들을 가르칠 수 있도록 도와주셨지."

새봄이는 할아버지가 느티 샘을 도왔다는 게 기쁘고 뿌듯했다. 민용이는 모든 이야기가 마냥 놀라웠다.

"나는 인간들이 신기했어. 어떻게 그 많은 것들을 기록해 놓았는지. 그런데 한편으로는 그토록 똑똑한 존재가 왜 자신들에게 닥치는 위기에 무관심한지 모르겠어."

"어떤 위기요?"

"우리가 처한 위기, 동물들이 처한 위기, 그리고 머지않아 사람들에게 닥칠 위기. 아니 이미 도래한 위기."

새봄이가 심각한 얼굴로 물었다.

"기후 위기 말하는 거예요?"

"기후 위기라는 말로는 부족해. 모든 생명들에게 닥친 위기지. 이미 그 위기를 막기에 늦었다는 걸 알면서도 아무것도 하지 않아."

"왤까요?"

"지금 누리는 것들을 빼앗기기 싫어서 곧 닥칠 위험에 눈감는 거지."

새봄이와 민용이는 한참 동안 말이 없었다.

"내가 너무 무거운 얘기를 했나?"

새봄이가 슬픈 얼굴로 고개를 저었다.

"아니에요. 근데요, 샘, 오래된 나무들은 다 샘 같아요? 누구나 사람하고 소통할 수 있어요?"

"그렇지는 않을 거야. 사람들이 다 다르듯이 나무들도 마찬가지야. 그렇지만 이 지구 어딘가에는 나와 같은 나무들이 더 있지 않을까?"

그 말에 민용이가 눈을 반짝였다.

"우리 엄마는 베트남에서 왔거든요. 베트남에도 나무의 정령에 대한 전설이 있대요. 어떤 나무는 마을을 지켜 주고 사람들을 돌보지만, 어떤 나무는 사람들을 해치기도 했대요. 그래서 엄마는 나무를 좀 무서워해요."

새봄이가 우물쭈물하다 조심스럽게 물었다.

"선생님은 앞으로 얼마나 더 살 수 있어요?"

"그건 나도 몰라. 내가 더 살고 싶다고 더 살고, 그만 살고 싶다고 그만 살아지는 건 아니니까. 나는 당산나무가 된 덕에 오랫동안 사람들의 보살핌을 받았지만 숲은 위기에 빠졌어. 숲과 연결이 끊기면 나도 점점 살아가기 힘들어질 거야. 무엇보다 길가의 어린나무들이 안타까워. 그 나무들은 농장에서 태어나 옮겨 심어져 어른 나무들한테 살아가는 데 필요한 지식을 배우지 못했어. 열악한 환경에서 힘겹게 살아가는 생명들이 너무 많아. 인간 공동체에도, 우리 공동체에도."

새봄이가 느티 샘의 슬픈 눈을 바라봤다.

"우리가 있잖아요. 우리가 도울게요."

느티 샘이 새봄이와 민용이를 마주 보며 쓸쓸하게 웃었다.

느티 언덕을 내려오면서 새봄이가 말했다.
"홍민용. 우리 레인보우 크루 하자."

가로수들을 보면 안쓰럽고 슬프다. 나는 숲에서 자랐기 때문에 어렸을 때부터 어른 나무들의 도움을 받았다. 내가 뿌리 내린 땅은 물기를 넉넉히 품고 있었고 나를 비롯한 활엽수들이 떨어뜨린 나뭇잎이 쌓여 영양분이 풍부했다. 지하수도 충분했다. 나는 크게 애쓰지 않아도 잘 자랄 수 있었다. 웅등산과 느티 언덕은 전쟁으로 여러 번 불이 났다. 그때마다 많은 나무들이 신음 속에 쓰러졌다. 그런데 몇 해 지나지 않아 잿더미 속에서도 싹을 틔우는 식물들이 있었다. 땅속에서 불에 타지 않고 살아남은 생명들이 협력해 새로운 숲을 만들 준비를 시작했다. 그렇게 수십 년이 지나면 숲이 되살아났다. 사람들은 숲이 저절로 살아난다고 말했지만 흙 속의 작은 곰팡이부터 한해살이풀, 그리고 여러해살이풀과 곤충, 나무 들이 쉴 새 없이 함께 노력해서 숲을 되살리는 거였다. 우리 식물이 그렇게 서로 협력하고 노력하는 까닭은 여럿이 함께 살 때 훨씬 안전하고 평화롭기 때문이다.

대포읍 사람들 역시 우리처럼 홍수와 가뭄, 폭염과 태풍을 겪었다. 인간들의 공동체 또한 누군가의 희생 위에 새로운 공동체가 만들어지고 성장했다. 대포읍도 농사짓는 사람들이 떠나고 빈집이 늘어나던 시기가 있었다. 농사지을 사람이 떠난 벌판에 공장들이 하나 둘 생겨났다. 논 대신 그 공장으로 일하러 가던 사람들이 이제는 더 넓은 도시로 떠났다. 공장에도 일할 사람들이 부족해졌다. 공장의 빈자리는 백로와 꾀꼬리가 겨울을 나는 나라에서 온 사람들로 채워졌다.

대포읍 사람들은 먼 곳에서 온 낯선 사람들을 두려워했다. 그 두려움을 숨기느라 다른 언어와 문화를 가진 사람들을 차별하고 혐오했다. 그런데 그 낯선 사람들 덕분에 쇠락해 가던 대포읍이 되살아났다. 비었던 상가에 낯선 음식과 물건을 파는 가게가 들어왔다. 그곳에서 대포읍 토박이들과 이주민들이 만났다. 오랫동안 대포읍을 지켜 왔던 사람들이 시나브로 이주민과 함께 살기 시작했다.

우리 식물도 그렇지만 인간들은 낯선 존재에게 자리를 내어 주는 데 시간이 필요한 것 같다. 이제 대포읍 토박이들도 이주민이 없으면 살아갈 수 없다는 것을 안다. 지금 대포읍에는 새로운 숲이 만들어지는 중이다. 숲은 다양한 식물과 동물이 섞여 있을 때 건강하고 풍요롭다. 사람들이 사는 세상도 마찬가지다. 불과 30년 전만 해도 대포읍 사람들은 농업이 쇠퇴하듯 이 동네도 쇠락할 거라 생각했다. 그런데 빈집을 채우고 그곳에 뿌리를 내려 새로운 보금자리로 바꾸는 이들이 늘어나고 있다. 대포읍은 숲을 닮았다.

우리는 바뀐 환경에 적응하기만 하는 게 아니다. 우리가 뿌리 내린 땅이 척박하면 그 땅이 더 나빠지지 않도록, 기름진 땅으로 바뀌도록 부지런히 움직인다. 인간들도 마찬가지다. 우리가 충분하지 않은 햇빛, 충분하지 않은 수분을 극복하기 위해 흙 속의 생물들과 더 적극적으로 협력하듯이, 서로 다른 언어를 쓰고, 다른 문화를 가진 대포읍 사람들도 협력하고 소통한다.

우리는 오래 살아남기 위해 누군가에게 일방적으로 기대거나 일방적으로 빼앗기보다 서로 필요한 것을 주고받으며 살아왔다. 위기가 닥치면 나 이외의 존재에게 더 집중하고 살핀다. 위기일수록 이웃과의 협력이 더 중요하기 때문이다. 내가 경험한 바로는 사람들만큼 슬기롭고 이타적인 존재는 드물다. 내게는 그것만이 희망이다. 나는 내 자신과 이웃들을 위해 숲을 되살릴 날을 꿈꾼다. 다행히 내게는 슬기로운 친구들이 있다. 나는 그들과 손을 잡았다.

3부

1.

민용이는 반미 빵을 사러 집을 나서 대포 시장 안에 있는 프엉빵집으로 갔다. 보라 엄마와 보라 외할머니가 하는 프엉빵집은 다른 빵은 팔지 않고 베트남 쌀로 반죽한 반미만 만든다. 처음엔 대포읍 부근에 사는 베트남 사람들 사이에서 입소문이 났는데 요즘은 대포읍 사람이라면 누구나 찾는 빵집이 되었다. 프엉빵집도 작년에는 문을 닫았었다. 보라 외할머니가 비자 문제로 베트남에 간 사이 코로나19 사태가 벌어져 1년 동안 한국에 오지 못했기 때문이다. 다행히 한 달 전 다시 오셔서 빵집 문을 열었다. 베트남에 살 때 민용이는 아침에 늘 반미를 먹었다. 반미는 돼지 간으로 만든 파테만 발라도 맛있지만, 그 사이에 베트남 햄과 달걀을 부쳐 넣으면 그보다 맛있을 수 없다. 이제 한국 음식이 베트남 음식보다 더 익숙해졌지만 반미 맛은 잊히질 않는다. 보라 외할머니가 민용이를 알아보고 덤으로 두 개나 더 주었다.

민용이는 빵이 든 봉투를 들고 사거리 건널목에서 신호를 기다리다 건너편 편의점 2층에 있는 호아센미용실을 올려다보았다. 엄마는 미용실 간판만 봐도 배가 부르다고 했다. 민용이가 생각해도 엄마의 미용실은 꽤 괜찮다. 코로나로 작년 1년은 좀 힘들었지만 올해부터 단골이 늘었다. 민용이 엄마는 파마나 염색 손님들에게 베트남 연유 커피나 베트남식 드립 커피를 서비스하는데 그게 인기의 비결이다. 물론 단골이 느는 건 커트 솜씨 덕이다. 그런데 엄마는 자기 기술보다 미용실 입구에 둔 반터 덕분이라고 믿는다. 베트남에는 집 모양의 작은 제단인 반터가 집집마다 있다. 호아센미용실 반터에는 돈을 많이 벌게 해 준다는 배불뚝이 하얀 인형이 앉아 있다. 민용이 엄마는 출근하면 가장 먼저 반터 앞에서 기도를 한다. 요즘 엄마의 바람은 재개발이 돼서 아파트로 이사 가는 거다. 민용이는 엄마의 그 기도를 응원해야 할지 말아야 할지 헷갈린다.

미용실 문을 열고 들어서자 고소한 마요네즈와 삶은 달걀 냄새가 났다. 엄마가 어느새 반미에 넣을 속을 다 준비해 놓았다.

"민용, 10분 남아. 빨리빨리."

민용이는 엄마가 칼로 잘라 준 빵 사이에 속을 듬뿍 넣었다. 엄마는 새벽에 비닐하우스에서 가져 온 고수도 흐르는 물에 씻어 접시에 따로 수북이 담았다.

"엄마, 고수 먹는 애들은 없을 텐데?"

"도훈이 좋아해. 이거 오늘 아침 뜯어. 향기 좋아."

고수를 손가락으로 집어 입에 넣는 엄마를 따라 민용이도 고수를 입에 넣었다. 입안 가득 퍼지는 고수 향기에 기분이 좋아졌다.

"민용, 오늘 댄스 해?"

"아니. 그냥 회의해. 도훈이 형 말로는 레인보우 크루 2기 창립회래."

도훈이는 레인보우 크루를 여덟 명쯤 모으려 했지만 뜻대로 되지 않았다. 민용이도 며칠 전까지 할지 말지 마음을 정하지 못해 갈팡질팡했다. 그런데 겨우 다섯 명이 모였다고 풀이 죽은 도훈이를 보니 더는 빼기가 힘들었다. 그렇게 도훈이, 금란이, 예은이, 새봄이, 요한이, 민용이 여섯 명이 레인보우 크루 2기로 모였다. 금란이 말대로 1기 때보다 쪼그라든 느낌이었다. 2기 중에 춤을 춰 본 사람은 도훈이, 금란이뿐이었다. 요한이는 집에서 니카와 같이 자주 춘다니 그나마 나은 편이고, 나머지 셋은 제대로 춰 본 적이 없었다.

미용실에 도착한 아이들은 민용이 엄마가 차려 준 반미 샌드위치를 보자 모두 환호했다. 특히 도훈이가 반겼다.

"이거 진짜 먹고 싶었어."

도복을 입은 채로 헐레벌떡 뛰어온 요한이 역시 오랜만에 만나는 도훈이와 금란이보다 샌드위치를 더 반가워했다. 친구들이 샌드위치를 다 먹고 나서 도훈이가 조심스럽게 말을 꺼냈다.

"다들 우리가 모인 목적은 알지? 세계 청소년 댄스 대회 예선 출전. 온라인 대회라 퍼포먼스 영상을 보내면 된대. 우리가 연습을 끝내면 청소년센터 댄스 동아리 선생님이 영상 찍고 편집해서 업로드해 주시기로 했어. 우리가 먼저 할 건 노래를 한 곡 정하고 안무를 짜는 거야."

"그래? 그럼 이번에는 누구 노래로 할 거야? 저번처럼 BTS? 아니면 NCT? 나는 개인적으로 NCT가 좋아. 커버하기는 좀 더 어려울 수도 있지만 멋질 것 같아."

요한이가 까불거리며 하는 말에 도훈이가 난처한 표정을 지었다.

"근데 있잖아. 이번에는 커버가 아니라 창작이야."

도훈이 말에 금란이가 발끈했다.

"야, 김도훈, 그 말을 이제 하면 어떻게 해."

"곡은 작년에 했던 걸 그대로 해도 될 것 같고 안무만 다시 짜면 돼. 작년에도 100퍼센트 커버는 아니었잖아."

요한이가 의심쩍은 표정으로 물었다.

"안무를 다시 짜는 게 쉬울까?"

도훈이가 얼굴이 빨개져서 얼른 대답을 못 하자 새봄이가 나섰다.

"다 같이 하면 되잖아. 나는 춤은 모르지만 같이 짤 수는 있어."

새봄이 말에 요한이가 코웃음을 쳤다.

"박새봄, 안무는 말로 못 짜. 너 춤도 책으로 배울 수 있다고 생각하는 건 아니지?"

새봄이는 요한이의 말에 기분이 나빴지만 꾹 참았다.

"드라마 PD들이 연기를 잘해서 연출하는 건 아니잖아."

"안무가 드라마 연출이랑 같냐? 모르면서 자꾸 아는 척하지 마. 그리고 아무리 생각해도 나는 이 대회에서 당산나무 얘길 한다는 자체가 너무 뜬금없어. 솔직히 재개발 이런 문제는 어른들 일이잖아. 댄스 대회 나가서 당산나무 어쩌고저쩌고한다는 게 너무 웃기지 않아?"

새봄이는 더는 참을 수 없었다.

"나요한, 넌 느티 샘한테 안 좋은 일이 생겨도 상관없어?"

"누가 그렇대? 그 문제를 댄스 대회랑 연결한다는 게 웃기잖아."

"아미들도 환경 운동, 인권 운동 하잖아. 우리가 못할 건 없어."

"야, 이게 그거랑 같냐?"

민용이도 계속 트집을 잡는 요한이한테 짜증이 났다.

"나요한, 한다고 나와서 왜 자꾸 딴지를 걸어. 맥 빠지게."

"느티 샘 돕는다고 해서 나온 거야. 근데 춤에 ㅊ도 모르는 애들이 모여서 결선까지 갈 수나 있겠어? 있겠냐고?"

서로 불편한 말이 오가자 금란이가 도훈이에게 물었다.

"김도훈, 네가 우리를 모았으니까 네 생각이랑 계획을 좀 더 자세히 말해 봐."

도훈이가 친구들 눈치를 보며 우물쭈물하자 민용이가 대신 나섰다.

"우리 아빠가 홍규목을 천연기념물로 등재하려고 신청할 거래. 대포 청년회가 주민센터 공무원들이랑 상의해서 관심을 가져 달라고 말하고 있대."

"그래서?"

"천연기념물이 되는 데 여론도 중요하대. 우리가 그런 여론을 만들어 보자는 거지."

"우리가 어떻게?"

금란이가 여전히 의심쩍은 투로 묻자 이번에는 민용이 대신 새봄이가 조심스럽게 입을 열었다.

"툰베리도 처음에 트위터로 시작했잖아."

금란이가 눈을 동그랗게 뜨고 물었다.

"툰베리가 누군데?"

예은이도 고개를 갸웃거렸다.

"새봄아, 근데 툰베리? 툰베리가 뭐야?"

"미안, 다 아는 줄. 툰베리는……."

요한이가 새봄이의 말을 끊고 빈정거렸다.

"뭐야, 네가 제2의 툰베리가 되겠다고?"

새봄이가 얼굴까지 벌겋게 달아올라 쏘아붙였다.

"나요한, 도대체 뭐가 불만이야. 하기 싫으면 안 하면 되지. 아무것도 안 하고 멍하니 있기보다는 뭐라도 하면 좋잖아. 내가 툰베리 얘길 꺼낸 건 잘난 척하려는 게 아니라 우리가 하려는 것도 비슷한 일 같아서 말한 거야. 요한이는 아는 것 같은데 툰베리는 사람 이름이야. 열다섯 살 때 전 세계 어른들과 정치인들에게 당장 기후 위기를 막기 위한 행동을 하라면서 등교 거부를 했어. 그리고 그걸 트위터로 알렸고."

"그래서?"

금란이가 호기심을 보였다.

"처음엔 툰베리 혼자 시작했는데 다른 청소년들이 SNS에 공유하면서 전 세계에 알려졌대. 툰베리에게 공감하는 어른들까지 기후 행동에 같이 나서게 됐고, UN에서 연설도 했어."

새봄이가 화를 누르고 차분히 설명하자 민용이도 덧붙였다.

"우리 아빠가 그런 걸 여론이라고 한다고 알려 줬어. 느티 샘을 지키는 일은 500년 된 마을 보호수를 지키는 거잖아. 나무를 살리는 일이고, 환경 문제랑도 관련 있고."

"느티 샘이 그랬어. 어린이나 청소년을 보면서 사라져 가는 숲의 어린나무들이랑 어린 가로수들을 떠올렸다고. 샘은 우리가 서로 연결되어 있고, 서로 도와야 한다고 가르쳐 줬잖아. 나는 느티 샘을 지키는 일이 우리한테 아주 중요하다고 생각해.

느티 샘 없으면 나는 은둔형 외톨이가 됐을 거야."

도훈이가 울먹이며 말하자 예은이도 눈물을 글썽였다.

"나도."

금란이는 말없이 고개를 주억거렸다.

"나요한, 너도 느티 샘이랑 기억의 숲을 좋아하잖아. 나는 그 숲이 영영 사라질까 겁나. 샘이 그랬잖아. 그 숲은 기억의 숲이면서 미래의 숲이라고. 지금 홍규목을 지켜야 그 숲이 과거에서 미래가 될 수 있다고 했어. 그런 의미에서 우리가 하려는 것도 툰베리가 한 것만큼 중요한 일이라고 생각해."

새봄이의 이야기에 말이 없는 요한이를 살피며 도훈이가 다시 용기를 냈다.

"솔직히 나도 툰베리가 누군지 몰랐어. 무조건 레인보우 크루 하자고 한 거 후회도 돼. 너희도 알다시피 나는 니카랑 금란이한테 비보잉이라는 걸 처음 배웠어. 아직 고백은 못 했지만 나는 니카랑 금란이한테 되게 고맙거든. 날 다른 사람으로 만들어 줘서. 그 비보잉이 힙합 문화인 줄도 몰랐는데 6학년 때 담임 선생님이 가르쳐 줬어. 힙합이 가난하고 차별받는 흑인들의 저항 문화라는 것도. 너희도 알지? 우리 담임 아미인 거. BTS가 하는 음악이 힙합이라고 선생님이 알려 줬어. 난 흑인은 아니지만 엄청 공감이 됐어. 그래서 이번에도 뭐라도 해 보자는 마음이었어. 니카도 없고, 형들도 없지만 그래도 뭔가 같이 해 보고 싶었어."

잠자코 듣던 금란이가 의자에서 벌떡 일어났다.

"그래, 해 보자. 작년에 레인보우 크루가 1만 뷰가 될 줄 누가 알았겠어? 그때 댓글 중에 우리더러 중국으로 가라, 아프리카로 가라는 악플도 많았지만 힘이 됐다, 응원한다는 댓글도 많았잖아. 같이 해 보자. 나도 느티 샘 돕고 싶어. 느티 샘 덕분에 엄마 아빠 없이도 내 동생들 씩씩하게 잘 지냈거든. 나도 느티 샘이 계속 거기 있으면 좋겠어. 우리가 어른 될 때까지. 그러니까 뭐든 해 보자."

"역시 금란이 언니 멋지다."

예은이가 박수를 쳤다. 금란이가 우쭐한 얼굴로 힘주어 말했다.

"각자 유튜브 찾아보고 안무 생각해 오자. 같이 볼 영상도 찾고."

2.

"자, 다들 기대하세요!"

일주일 만에 다시 미용실에 모인 아이들은 뜸 들이는 새봄이를 다그쳤다.

"야, 무슨 시상식 하냐. 빨리 말해."

요한이가 지청구를 주자 새봄이가 샐쭉한 표정으로 노트북을 열었다. 화면을 보던 요한이가 가장 먼저 관심을 보였다.

"어, 아이돌 춤이 아니잖아? 현대 무용인가?"

"쿨레칸이라고, 한국에서 활동하는 댄스 컴퍼니야."

"저 사람들이?"

요한이가 흑인으로 보이는 사람들을 가리켰다.

"응. 자, 봐."

새봄이가 이번엔 다른 링크를 열었다.

"이게 그분들 홈페이지야. 내가 우연히 동영상을 보고 찾아

봤는데 팀 이름이 쿨레칸이래. 그리고 춤추는 분은 에마뉘엘. 부르키나파소라는 나라에서 오셨대."

"춤이 되게 힘이 있으면서 우아하다."

도훈이도 화면을 유심히 보았다.

"그렇지? 만딩고라는 서아프리카 전통 춤을 현대 무용과 접목한 거래. 이 장면은 「데게베」란 공연 중 일부야. 이분이 한국에 와서 겪은 차별과 인권에 대한 주제를 담은 무대래."

새봄이 설명에 요한이가 눈을 반짝였다.

"어, 레인보우 크루랑 어울린다."

"그래서 같이 보자고 한 거야."

요한이가 들뜬 목소리로 물었다.

"그럼 이 춤 처음부터 끝까지 다 볼 수 있어?"

"다는 아니고 짤막짤막하게 올라와 있어."

아이들은 영상을 여러 편 연이어 보며 쿨레칸 춤의 에너지에 휘감겼다.

"요한아, 근데 부르키나파소는 어디 있는 나라야?"

금란이가 흥분한 목소리로 요한이에게 물었다. 그러자 요한이가 어리뻥뻥한 표정으로 되물었다.

"누나는 그걸 왜 나한테 물어?"

금란이가 당황해서 얼버무렸다.

"아니, 나는 그냥 네가 알 것 같아서……."

"누나까지 날 아프리카 사람이라고 생각해? 그래서 그렇게 물어본 거야? 나 한국 사람이거든."

"누가 뭐래? 모르면 모른다 하면 될 걸 왜 벌컥 짜증을 내."

자칫하면 말다툼이 시작될 분위기였다. 민용이가 얼른 끼어들었다.

"아, 누나. 이번엔 누나가 좀 실수한 것 같아. 그렇지만 요한아, 누나가 널 놀리려고 그런 건 아닌 줄 알잖아."

민용이의 말에 금란이가 머쓱해하며 사과했다.

"나요한, 미안해. 나도 모르게."

"다들 그러지. 무심코, 장난으로. 흑인은 다 아프리카 사람이고, 아프리카 사람끼리는 모두 서로 안다고 생각하는 게 얼마나 무신경한 행동인지 알아? 아프리카가 뭐 대포읍만 해? 아프리카는 대륙이라고. 그 큰 대륙에 있는 나라 중 하나를 내가 어떻게 아느냐고."

요한이의 볼멘소리에 금란이가 겸연쩍은 얼굴로 다시 사과했다.

"미안해. 내 생각이 짧았어."

새봄이는 금란이가 발끈하지 않고 잘못을 시인해서 안심했다.

"여러분, 우리 손 안에는 스마트폰이 있잖아요. 자, 부르키나파소. 딱 나오잖아요. 부르키나파소는 나이지리아 정 반대편에 있는 나라네. 여긴 영어가 아니라 프랑스어를 공용어로 쓴대. 프랑스 식민지였나 보다."

"왜 아프리카 말이 아니라 따로 공용어를 써?"

금란이 물음에 요한이가 맥없이 말했다.

"누나, 아프리카는 대륙이라고. 아프리카 말이 하나일 리 없잖아. 나이지리아에서도 부족마다 다른 언어를 쓴대. 그래서 공용어로 영어를 쓰는 거야."

"아, 그렇구나. 미안. 하긴 중국도 소수 민족은 다 자기 언어 쓰지. 이해 완료."

금란이 말에 요한이가 피식 웃었다. 새봄이가 말을 이었다.

"자, 레인보우 크루 여러분, 집중하세요. 다시 쿨레칸에 대해 설명할게요. 쿨레칸은 '뿌리의 외침'이라는 뜻이래. '우리 모두는 여행자들이며, 어디를 가든 자신의 존엄성과 뿌리를 잃지 말아야 한다.'라는 메시지가 담겨 있대. 진짜 멋있지 않아?"

"멋지다. 저 춤에 대해 자세히 알고 싶어."

"홈페이지에 보니까 여러 곳에서 워크숍을 했어. 학교도 가고, 장애인 단체에도 가고."

"진짜? 그럼 우리도 가능하지 않을까?"

"한번 연락해 볼까? 이메일 써 보면 어때?"

새봄이 말에 금란이가 고개를 끄덕였다.

"그래, 그러자. 그럼 우리 중에 영어 잘하는 애가 써야겠네. 요한아, 네가 해."

금란이 말에 요한이가 지친 표정으로 대꾸했다.

"아, 누나 제발. 나 영어 못해. 난 한국 사람이라고."

"누가 뭐래? 너희 아빠 영어 선생님이잖아. 그래서 말한 거야."

"우리 아빠만 잘하는 거지. 아, 진짜."

요한이의 짜증에 이번에는 다들 웃음을 터뜨렸다. 요한이도 너털웃음을 짓고 말았다.

"저기요, 여러분. 쿨레칸에는 한국 사람들이 있고요. 홈페이지도 한국어와 영어 둘 다 있어요."

"아, 그렇구나. 난 또……."

금란이가 민망스러워 하며 말끝을 흐렸다.

요한이는 모임이 끝나고 도훈이 손에 끌려 느티 언덕으로 올라왔다. 도훈이와 요한이가 먼저 대강의 안무를 맞춰 보기로 했기 때문이다. 느티나무 안에 들어온 요한이는 도훈이가 타박하는데도 곧장 바닥에 드러누워 눈부터 감았다. 오랜만에 맡아 보는 느티나무 향기에 마음이 편해졌다. 모처럼 온 요한이를 본 윤성이와 쌍둥이가 다가왔다.

"태권도 형이다."

"형아, 우리 태권도 가르쳐 준다면서 왜 안 왔어?"

요한이는 눈도 뜨지 않은 채 말했다.

"대회 연습해서 피곤해."

"많이 피곤해? 내가 주물러 줄까?"

윤성이와 쌍둥이가 팔을 주무르기 시작하자 요한이가 벌떡 일어났다.

"야, 간지럽잖아."

요한이가 몸을 비틀자 셋이 한꺼번에 웃음을 터뜨리며 품에 안겼다.

"아, 이 녀석들이."

"형, 보고 싶었어."

"나도."

이번엔 요한이가 아이들을 꼭 껴안았다.

"형, 시합 끝나면 태권도 꼭 가르쳐 줘."

"물론. 한 달만 기다려."

"응."

1학년 아이들은 더 조르지 않고 금세 다른 데로 가서 자기들끼리 놀았다. 요한이는 동생들의 뒷모습을 보며 흐뭇한 표정을 지었다. 요한이도 1, 2학년 때 수업이 끝나면 곧장 느티나무로 왔었다. 대포초등학교에는 이주 배경을 가진 아이들이 많지만 요한이와 니카처럼 피부색이 검은 아이는 없었다. 아이들은 잘 놀다가도 뭔가에 삐치면 요한이한테 아프리카로 가라고 말했다. 태어나서 한 번도 가 본 적 없는 아프리카로 가라고 할 때마다 요한이는 투명 인간이 되고 싶었다. 그래서 초등학교 1학년 여름 방학 때 아프리카로 떠나기로 했다. 엄마가 세뱃돈을 모아 둔 통장, 교통카드를 챙기고, 책가방에 속옷과 갈아입을 옷까지 넣고 집을 나섰다. 그런데 은행에 가서 돈을 찾으려 했더니 어른이랑 같이 오라고 했다. 비행기표를 살 수 없게 된 요한이는 대포읍을 돌아다니다가 해가 뉘엿뉘엿 질 때쯤 느티 언덕으로 올라갔다. 그날은 나무 아래 평상에서 잘 생각이었다. 한여름이라 밖에서 자도 괜찮을 것 같았다. 가방을 메고 평상에 누웠는데 학교에서 몇 번 본 적이 있는 느티 샘이 요한이를 내려다보았다.

"거기서 자려고? 엄마 아빠가 너무 걱정하지 않을까?"

요한이가 일어나 앉자 느티 샘이 물었다.

"혹시 집을 나온 거니?"

"네."

"왜?"

"아프리카 나이지리아로 가려고요. 거기가 우리 아빠 고향이거든요."

"왜 가려고 하는데?"

"애들이 걸핏하면 나더러 아프리카로 가 버리래요."

"속상하겠다."

"네, 엄청 속상해요."

"근데 엄마 아빠가 요한이가 없어진 줄 알면 걱정하지 않을까? 못 찾으면 경찰에 신고할 수도 있고."

경찰에 신고할 수도 있다는 말에 그만 요한이의 울음보가 터지고 말았다. 느티 샘은 요한이를 달래 느티나무 안으로 데리고 들어갔다. 요한이는 나무 안이 그렇게 넓을 줄 몰랐다. 잠시 꿈을 꾸는 건 아닐까 생각하고 허벅지를 꼬집어 보기까지

했다.

“속상한 일이 생겼을 때는 이리로 오면 어때?”

느티 샘의 그 말이 참 따뜻했다. 그 뒤로 요한이는 수업이 끝나면 곧장 느티나무로 갔다. 나무 안에서는 국적, 피부 색깔, 말투 따위로 상처를 주거나 따돌림을 받는 일이 없었다. 공부를 하건, 책을 보건, 아무것도 안 하고 뒹굴뒹굴거리건 아무래도 괜찮았다. 요한이가 느티나무에서 가장 좋아하는 곳은 기억의 숲이었다. 숲이 주는 느낌이 좋았다. 한여름의 축축한 공기와 상큼한 풀 냄새, 이름 모를 새들의 지저귐 속에서 마음이 편안해졌다. 키 작은 풀과 팔랑거리는 나비와 귓가에 앵앵거리는 초파리, 향긋한 인동 넝쿨과 때죽나무 꽃까지 숲의 모든 식구들이 자신을 반겨 주는 듯했다. 그래서 숲길을 걸을 때마다 혹시라도 발에 밟히는 개미나 민달팽이, 지렁이는 없는지 살폈다. 요한이는 홍규목 덕분에 자신의 이웃이 생각보다 다양하다는 것을 깨달았다. 그 후로 학교에서 속상한 일이 생길 때마다 숲을 이리저리 돌아다니다 내려왔다. 그러면 다음 날 다시 학교에 갈 힘이 생겼다.

5학년 때 요한이가 학교 대표 태권도 선수가 되는 걸 반대하는 학부모들이 있었다. 교장 선생님도 요한이가 대표 선수가 되는 것을 썩 내켜하지 않았다. 그런데 요한이가 전국 대회에서 금메달을 따자 드디어 대포초등학교 대표 선수로 인정해 주었다. 요한이의 금메달은 학교에 태권도부가 생긴 뒤 처음 받는 상이었다. 한때 태권도 선수였던 아빠와 엄마는 눈물까지 글썽이며 기뻐했다. 요한이 아빠는 고등학교 때 부상으로 그만두기 전까지 태권도 선수였다. 초등학생 때 한국인이 운영하는 도장에서 처음 태권도를 배운 요한이 아빠는 거기서 요한이 엄마를 만났다. 둘은 같은 중고등학교에 다녔고 함께 태권도를 하면서 연인이 되었다. 그런데 요한이 엄마 아빠가 사귀는 사실을 알게 된 사범님은 딸을 한국으로 보냈다. 이별의 슬픔 때문인지, 스승에게 받은 배신감 때문인지 요한이 아빠는 국가 대표를 뽑는 대회에서 큰 부상을 입었다. 꿈을 접고 대학에서 영어 교육을 전공한 요한이 아빠는 졸업하자마자 한국에 와 요한이 엄마를 다시 만났다. 그리고 두 사람은 요한이 외가의 반대를 무릅쓰고 결혼했다. 요한이네 식구는 요한이 엄마가 대학 선배가 하는 태권도 학원의 사범으로 일하게 되면서 대포읍으로 이사 왔다. 요한이 아빠는 귀화한 뒤 대포읍에서 영어 학습지 교사를 시작했다. 요한이는 태어나서 지금까지 한국에서만 살고 있는 엄연한 한국인이지만 중학생인 지금도 가끔 '너희 나라'로 돌아가라는 말을 듣는다. 아빠는 귀화한 뒤에도 수시로 불심 검문을 당한다. 그래서 요한이는 쿨레칸의 에마뉘엘이 더 궁금했다.

"형, 나 에마뉘엘이란 무용수 꼭 만나고 싶어."

"나도 마찬가지야. 새봄이가 글 잘 쓰니까 답장 올 거야."

요한이가 보기에도 새봄이가 잘난 척은 좀 심하지만 책을 많이 읽은 만큼 글도 잘 쓸 것 같았다.

"형, 안무는 나중에 짜고 우리 밖으로 나가자."

뒤뜰에는 계곡가에 찔레나무와 때죽나무 흰 꽃이 탐스럽게 피어 있었다. 바람이 불 때마다 향긋한 꽃 냄새가 코끝을 간질였다. 다리 건너 아카시아나무는 가지가 꺾일 듯 탐스러운 꽃송이들을 주렁주렁 달고 있었다.

"난 지금 이 계절이 딱 좋아."

"나도."

도훈이와 요한이가 의자에 기대어 눈을 감으려는데 느티 샘이 뒤뜰로 나왔다.

"오늘 회의는 잘했어?"

요한이가 찔리는지 도훈이 눈치를 보며 얼른 답을 하지 못했다.

"네, 아주 잘됐어요."

도훈이가 대답하며 느티 샘을 엿살폈다.

"근데 샘, 어디 아프세요?"

"왜?"

"얼굴빛이 창백해요."

"요즘 잠을 못 자서 그래."

요한이가 깜짝 놀라며 물었다.

"어? 나무도 잠을 자요?"

느티 샘이 뻥한 눈으로 요한이를 바라보다 웃었다.

"그럼요. 식물들도 잠을 자죠."

"근데 왜 못 잤어요?"

"길 건너 새로 들어선 건물에서 밤새 간판 조명을 환하게 밝혀 놔서. 요즘 가로등도 늘어나고 늦게까지 간판을 끄질 않아서 밤이 너무 환해."

"아, 나무도 밝으면 못 자는구나."

"그럼, 우리 같은 식물들도 어두워야 제대로 쉬지. 내 안에 깃들어 사는 곤충이나 새도 마찬가지고."

느티 샘 말에 요한이가 갑자기 시무룩해졌다.

"샘은 참 힘들겠어요. 사람들이 자기 생각만 해서."

느티 샘은 그런 요한이를 흐뭇한 눈으로 바라보았다.

"도훈이랑 요한이처럼 내 마음을 알아주는 사람도 있잖아."

"저희는 도움이 안 되잖아요."

"이렇게 나에 대해 알아 가는 것만으로도 큰 힘이 돼."

"우리는 아무것도 못 하는데요?"

"고민을 하잖아. 그럼 뭔가 대안이 만들어지겠지."

느티 샘 말에 도훈이가 걱정을 털어놓았다.

"고민은 많은데 샘이랑 다른 나무들이랑 이 기억의 숲을 지키려면 어떻게 해야 할지 모르겠어요."

"숲이 가진 치유의 힘을 믿으면 돼. 사람들이 그걸 깨닫게 해야지."

"그게 어떤 힘이에요?"

"음, 한 가지 예를 들어 줄게. 6·25 때 웅등산 산마루에 포탄이 떨어져 불이 나서 민둥산이 되어 버렸어. 그런데 지금 봐. 울창한 숲이 되었잖아? 그 숲을 살린 건 사람들이 아니라 숲의 식구들이야. 더 자세히 말하면 잿더미 속에서 살아남은 미생물들이랑 풀들이 숲을 되살린 거지. 웅등산과 느티 언덕 사이를 잇는 길을 복원하기만 해도 바뀔 거야."

도훈이가 걱정스럽게 물었다.

"안 바뀌면요?"

"나야 오래 살아서 이런 변화에 어느 정도 적응해 왔지만 어린나무들은 살아가기가 힘들지."

"근데 왜 느티 언덕에 다른 나무들은 없어요? 샘 아기 나무는 없어요?"

"한참 동안 없었지. 싹이 나올 때마다 사람들이 베어 버렸거든. 나를 지키려고. 그러면 나는 또 씨앗을 바람에 날려 보내 어디에든 후계목이 싹을 틔워 자라길 바랐지."

"그럼 지금은요? 지금은 있어요?"

도훈이가 기대에 찬 눈빛으로 느티 샘을 바라보았다.

"아직까진 잘 자라고 있어."

"샘, 혹시 노인회관 옆에 있는 작은 나무 둘이요?"

"응, 맞아."

도훈이는 홍규목의 후계목이 자라고 있다는 걸 확인해서 기뻤다. 느티나무 이파리랑 비슷하다고는 느꼈지만 정말 느티나무인 줄은 미처 몰랐다. 한 그루는 요한이보다 크고, 한 그루는 딱 도훈이만 했다.

"우아, 신기하다. 어떻게 거기서 자라게 됐어요?"

"노인회에서 마당 시멘트를 다 걷어 낸 뒤에 싹이 나왔어. 어느 정도 자라고 민용이 아빠와 청년회 회원들이 양지바른 곳으로 옮겨 심어 줬지. 그 아이들이 안전하게 자라려면 이 느티 언덕과 웅등산이 살아나야 해."

"어떻게 하면 돼요?"

"느티 언덕에서 웅등산으로 난 길을 다시 잇는다면 도움이 되지. 아마 몇 년이 지나면 풀이 자라고 동물들도 오가게 될 거야. 그럼 땅도 조금씩 살아나겠지."

"샘, 우리가 그렇게 할게요."

"네, 우리가 후계목 잘 돌볼게요. 그러니까 샘도 오래오래 살면서 함께 돌봐 주세요. 내가 어른 돼서 아빠가 되면 내 딸이랑 아들도 여기 올 테니까 샘이 건강해야 해요."

"요한이 때문에 내가 책임감이 무거워지는데?"

느티 샘 말에 도훈이가 얼른 나섰다.

"샘, 그냥 건강하시면 돼요."

요한이도 손사래를 쳤다.

"저도 샘 힘내라고 그런 거예요."

느티 샘이 도훈이와 요한이를 보며 활짝 웃었다.

"고맙다."

3.

어느새 느티나무 잎이 짙은 초록빛이 되었다. 바람이 불 때마다 가지와 이파리가 서로 부딪치는 걸 올려다보며 금란이는 제 몸을 살랑살랑 흔들었다. 요즘 금란이는 자주 당산나무 아래 서 본다. 아무 생각 없이 기둥에 기대기도 하고, 새봄이처럼 기둥을 천천히 돌기도 한다. 그러면 홍규목의 긴 시간이 느껴지는 것 같았다.

"난 이게 항상 궁금해. 이렇게 뿌리가 밖으로 나와 있으면 안 되는 거 아니야?"

금란이가 땅 위로 드러난 홍규목의 뿌리를 내려다보며 도훈이에게 물었다.

"아니야. 느티 샘이 그랬어. 겉으로 드러난 뿌리 아래에 잔뿌리들이 숨 쉬고 있대. 그 뿌리들이 물과 먹이를 찾고 활발하게 활동하려면 흙을 두텁게 덮어 주면 안 된대."

"뿌리가 활동한다고? 가만 보니까 땅겉으로 나온 뿌리들이 꼭 문어 다리처럼 보인다. 저 뿌리들이 땅 아래에서는 막 꿈틀거리는 거야?"

금란이가 양팔을 벌리고 장난스럽게 제 몸을 꿈틀거리며 물었다. 도훈이가 그런 금란이를 보며 재미있다는 듯이 웃었다.

"하여튼 이금란 못 말려. 그렇게 눈에 보일 정도로 움직이지는 않겠지. 뿌리는 어디에 영양분이 있는지 물이 있는지 다 안대. 나는 땅속 뿌리를 상상하면 문어가 아니라 민달팽이 눈이 떠올라. 그 눈으로 캄캄한 흙 속에서 움직이는 상상을 해. 흙 속에 있는 박테리아, 곰팡이 같은 애들이랑 얘기하는 뿌리는 아주아주 가는 실뿌리들이래. 우리가 보지는 못하지만 땅속에서 생명들이 상부상조하며 살아가는 거야. 신기하지?"

"나는 김도훈 네가 신기하거든. 공부는 못하면서 그런 건 어떻게 다 알아?"

"느티 샘 만나고부터 식물 공부 시작했어. 도서관에서도 식물에 관한 책만 빌려 봐."

"네가 책도 읽는다고?"

"응, 무시하지 마라."

"무시하려는 게 아니라 진짜 신기해서 그래."

"나도 내가 신기하긴 해."

도훈이와 금란이가 땅 위로 드러난 홍규목 뿌리를 손으로 만져 보고 있을 때 요한이와 예은이가 올라오고, 새봄이와 민용이도 헐레벌떡 느티 언덕에 도착했다.

"오늘 갑자기 모이라고 한 이유는 뭐야?"

금란이가 새봄이를 보자마자 물었다. 새봄이가 발그레 상기된 얼굴로 말했다.

"쿨레칸에서 답장이 왔어. 우리를 만나러 오시겠대."

새봄이 말에 아이들이 일제히 환호성을 질렀다.

"언제?"

"지금은 공연을 하고 계셔서 보름쯤 뒤에 오실 수 있대."

"우아, 꿈 아니지?"

"응. 나도 이렇게 금세 답장을 주실지 몰랐어."

갑자기 요한이가 굳은 얼굴로 물었다.

"그런데 에마뉘엘 샘이 오시면 어떻게 얘기해? 샘은 프랑스어 한다며?"

"걱정 마. 에마뉘엘 샘이랑 같이 오시는 분이 있어."

"누구?"

"에마뉘엘 샘 아내. 한국 사람이셔. 아기도 온대."

"우아, 에마뉘엘 샘도 다문화구나."

요한이 말에 새봄이가 마뜩잖은 표정을 짓자 금란이가 말을 보탰다.

"다문화 맞지. 다문화란 말 자체가 나쁜 건 아니니까. 다문화를 꼭 우리처럼 아시아나 아프리카에서 온 사람들이나 엄마가 외국인인 사람들한테만 붙이니까 문제지."

그제야 새봄이도 얼굴을 풀었다.

"맞아. 따지고 보면 대포읍에 사는 사람들이 다 다문화지 뭐."

"하여튼 박새봄 잘난 척은."

요한이가 새실거리며 하는 말에 새봄이도 웃었다.

"나 진짜 잘났거든. 그래서 계속 잘난 척할게. 에마뉘엘 샘 만나기 전에 우리가 다 같이 쿨레칸에 대해 알아야 할 것 같아서 나랑 민용이가 정리를 해 왔어."

"오, 좋다."

금란이가 눈을 반짝였다.

"에마뉘엘 선생님은 실력 있는 오페라 무용수로 유럽에서 춤을 연구하고 공부하다가 2012년에 아프리카 예술 박물관 초청을 받아서 한국에 오셨어. 선생님이 한국에 온 이유는 서아프리카의 춤을 알리기 위해서였대. 그런데 그 박물관에서 에마뉘엘 선생님과 동료 무용가들의 여권을 압수하고 공연비도 제대로 안 줬대. 숙소는 창고 같은 데였고 밥해 먹으라고 준 쌀은 벌레가 나올 정도로 오래된 거였대."

새봄이 말을 들은 예은이가 안타까운 표정을 지었다.

"예술가를 공장에 일하러 온 노동자들처럼 생각한 거네?"

예은이 말에 금란이가 발끈했다.

"야, 예술가건 노동자건 누구든 그렇게 대하면 안 되는 거야."

요한이도 금란이 말에 맞장구를 쳤다.

“누나 말이 맞아. 게다가 에마뉘엘 샘이랑 무용가들이 아프리카에서 왔다니까 더 함부로 무시했을 거야. 난 그게 뭔지 알거든. 우리 아빠도 그랬다고 했어.”

요한이가 성난 얼굴로 주먹을 꽉 쥐었다.

“너희 아빠만 겪은 게 아냐. 우리 엄마 아빠도 마찬가지야. 아프리카나 중국이나 한국에서는 똑같아.”

“우리 아빠가 예전에 수업하러 가면 학부모들이 그랬대. ‘아프리카에도 영문과가 있어요?’ 말이 되냐?”

“울 엄마도 공장 다닐 때 그런 무시 많이 당했다고 했어.”

친구들의 말을 듣는 새봄이의 얼굴이 붉으락푸르락했다.

“아, 내가 다 창피해진다. 에마뉘엘 선생님은 예술을 하찮게 취급하고 인권을 무시하는 태도를 참을 수 없었대. 그래서 박물관을 고발하는 시위를 시작한 거야. 다행히 한국 인권 운동가들이 소식을 듣고 도와줬는데, 그분들도 처음에는 에마뉘엘 선생님이 부르키나파소라는 나라에서 왔다고 해도 그냥 아프리카에서 왔다고만 생각하더래. 그게 속상하셨대.”

요한이가 다시 흥분했다.

“와, 나 진짜 진심으로 공감해. 근데 에마뉘엘 샘 돈은 받았대?”

“응, 밀린 임금을 받고 다른 동료들은 고향으로 돌아갔는데, 선생님은 한국에 남아서 쿨레칸을 만든 거야.”

"멋지다."

"그렇지? 장애인 야학에서 춤을 가르치고, 인권 운동도 하고, 우리 같은 청소년들이랑 워크숍을 계속 해 오셨대."

금란이는 설레는 마음을 감추지 못하고 들떴다.

"와, 우리가 원하던 선생님이야. 선생님 오실 때까지 우리끼리 춤을 짜 놔야 하나? 아, 나 벌써 떨려. 선생님 앞에서 춤 못 추면 어떡하지?"

도훈이 얼굴에도 걱정이 가득해졌다.

"에마뉘엘 선생님이 우리 춤 보고 한심하게 생각하면 어떡하지?"

새봄이가 금란이와 도훈이를 토닥였다.

"언니 오빠 들은 걱정 안 해도 돼. 내가 문제지. 그래도 대충 어떤 식으로 할지 안무는 짜 놓아야 할 것 같아."

"맞아. 도훈이 형, 노래는 골랐어?"

"응, 나는 이번에 「Not Today」 하면 좋겠어."

도훈이 말에 금란이가 흔쾌히 동의했다.

"그래. 도훈이가 저번에 말한 것처럼 나도 그 노래 가사도 좋고, 우리랑 맞는 것 같아."

"그럼 일단 다시 들어 보자."

금란이가 스마트폰으로 노래를 찾는 동안 요한이가 민용이에게 물었다.

"참, 천연기념물 등록은 어떻게 되어 가고 있대?"

"문체부에 서류를 보냈대."

금란이가 슬쩍 새봄이에게 물었다.

"저번부터 궁금했는데 천연기념물, 그거 저어새, 독수리, 이런 동물들만 되는 거 아냐?"

"나도 그런 줄 알았어. 그런데 이번에 찾아보니까 우리나라 천연기념물 중 나무가 가장 많아."

"그래?"

새봄이가 금란이한테 태블릿 화면을 내밀었다.

"자, 봐. 천연기념물로 지정된 나무가 170그루가 넘어. 그중에 느티나무도 많아."

"천연기념물이 되면 진짜로 홍규목을 함부로 못 베는 건가?"

"그렇지 않을까? 천연기념물인 동물 함부로 잡거나 해치면 처벌받잖아."

도훈이 말에 새봄이가 고개를 끄덕였다.

"홍규목은 지금도 보호수야."

"보호수?"

"응. 지방 자치 단체에서 보호하는 나무."

"그럼 천연기념물은 나라에서 보호하는 건가?"

예은이 말에 새봄이가 답했다.

"빙고! 그래서 전문가들이 꼼꼼하게 점검을 한대."

"천연기념물로 지정하는 절차도 엄청 복잡하겠지?"

"그런가 봐. 보통은 지자체에서 자기 고장에 있는 나무나 늪처럼 보존 가치가 높은 것들을 문화재청 천연기념물과에 신청한대. 전문가들이 가치가 있다고 생각해서 추천하기도 하고."

"근데 왜 아직까지 천연기념물이 안 됐을까? 홍규목처럼 멋진 나무가."

"우리 홍규목이 얼마나 특별한 나무인지 알려 줄 자료가 많지 않대. 6·25 때 지금 노인회관 자리에 있던 사당에 불이 나서 거기 있던 자료도 다 타 버렸대. 그래서 이번에는 홍규목 이름으로 된 땅 등기 문서, 홍규목 이름으로 준 장학 증서, 임대료 영수증 뭐 이런 것까지 다 모으고 있대."

새봄이 말에 금란이의 눈이 휘둥그레졌다.

"홍규목한테 땅이 있다고? 장학금은 또 뭐고?"

"이 느티 언덕이 다 홍규목 거래. 주민센터 주차장까지 다 홍규목 앞으로 되어 있대. 그래서 주차장 임대료로 대포읍 대학생들한테 장학금도 준대."

민용이 설명을 들은 예은이가 놀랐다.

"우아, 진짜 특별하네. 나무가 땅을 갖다니, 세상에 둘도 없겠다."

"그렇지는 않아. 나랑 새봄이가 검색해 봤더니 홍규목보다 더 넓은 땅을 가진 나무도 있어. 어떤 나무는 자기 명의의 땅에서 추수한 쌀을 팔아서 세금을 내고 마을 청소년들 장학금도 준대."

민용이 말에 새봄이가 또 덧붙였다.

"그만큼 우리나라는 나무들이랑 아주 친밀하게 살아온 거지. 우리랑 느티 샘처럼."

"그럼 우리 편이 더 많겠네."

금란이 말에 새봄이가 힘없이 말했다.

"꼭 그런 건 아니야. 재개발 조합 사람들은 반대하겠지. 그 사람들은 아파트를 반드시 지어야 하고 입구도 입주민들이 좋아할 방향으로 내고 싶을 테니까."

"반대하는 사람이 있으면 자격이 된다고 해도 지정이 어려울 수 있어?"

"그런가 봐."

"언제 결정된대?"

"얼마 전에 연락해 보기로는 문화재청에서 문화재 위원회로 넘어갔대. 곧 문화재 위원들이 현장 조사를 나올 거야."

새봄이는 재개발 조합이 반대할지 모른다는 말을 전하며 마음이 무거웠다. 재개발에 앞장서는 사람 중에 가장 목소리가 큰 사람이 자기 엄마였기 때문이다. 예은이가 표정이 어두워진 새봄이의 어깨를 토닥였다.

4.

에마뉘엘 선생님이 오기로 한 날인데 아침부터 비가 내렸다. 비가 오니 선생님과 가족들을 만날 장소가 느티나무밖에 없었다. 느티 샘은 당연하다는 듯이 쿨레칸에서 오는 손님들을 느티나무로 초대했다.

"이렇게 먼 데서 오는 손님은 처음이라 내가 다 떨리는데? 나도 나름대로 환대 준비를 할게."

학교로 출근하는 느티 샘의 발걸음이 평소보다 경쾌했다.

"느티 샘도 기분이 좋은가 봐."

"그러게. 근데 쿨레칸 분들이 홍규목 보고 놀라는 거 아냐?"

"그래도 왠지 금세 이해하실 것 같아."

"나도 그렇긴 해. 우리가 느티나무에서 모이면 동생들은 어떡하지?"

"다락에 올라가서 책 보고 놀면 되지 않을까? 손님 오시니까 조용히 해 달라고 부탁은 해 놨어."

아이들은 쿨레칸이 대포읍에 도착할 시간보다 먼저 버스 정류장에 나갔다. 우산 쓴 아이들이 우르르 모여 있으니 어른들이 눈살을 찌푸렸다. 눈치 빠른 금란이가 뒤로 물러섰다.

"거리두기 해야 하는데 우리가 너무 많이 모여 있잖아. 민용이랑 새봄이가 선생님들 모시고 와. 우리는 느티나무에 가 있을게."

새봄이와 민용이는 친구들이 떠난 뒤 정류장 전광판을 올려다보며 버스가 어디쯤 오는지 확인했다.

"어, 두 정거장 전이야."

민용이 말에 고개를 돌려보니 이미 버스가 육교 아래를 지나고 있었다. 광역 버스가 서자 영상으로만 보던 에마뉘엘 선생님이 아기를 안고 내리고, 미리암 선생님도 따라 내렸다.

"안녕, 친구들."

새봄이와 민용이는 막상 에마뉘엘 선생님을 보자 긴장이 돼서 꾸벅 인사만 하고는 아무 말도 하지 못했다. 그러자 미리암 선생님이 먼저 인사를 건넸다.

"레인보우 크루 친구들 반가워요."

"환영합니다."

새봄이가 겨우 인사말을 하고 앞장섰다.

"일단 우리 아지트로 가시면 돼요."

에마뉘엘 선생님과 미리암 선생님은 홍규목 앞에서 눈이 휘둥그레졌다. 새봄이가 미리암 선생님에게 이메일로 홍규목과 느티 샘에 대해 미리 설명했지만 막상 직접 보니 놀라운 것 같았다. 에마뉘엘 선생님은 금세 환하게 웃었다.

"부르키나파소에도 이렇게 큰 나무 많아요."

한국어가 서툴렀지만 새봄이와 민용이는 정확하게 알아들을 수 있었다.

"정말요?"

새봄이와 민용이가 놀라자 미리암 선생님이 덧붙였다.

"부르키나파소에 있는 바오바브나무와 망고나무는 이 홍규목보다 더 커요. 더 오래 산 나무도 많고요. 에마뉘엘 선생님 고향에는 길옆으로 높다란 나무들이 줄지어 서 있어요. 1000살, 2000살 된 나무들도 있대요. 나도 800살 난 바오바브나무는 여러 그루 봤어요."

새봄이는 긴장하고 홍규목 문을 열었다. 에마뉘엘 선생님과 미리암 선생님의 눈이 다시 휘둥그레졌다.

"원더풀, 원더풀."

에마뉘엘 선생님이 연신 외쳤다. 미리암 선생님은 안으로 들어오자마자 데버라를 바닥에 내려놓았다. 데버라는 겁도 없이 주위를 두리번거리더니 창문 앞 소파로 기어 올라갔다. 에마뉘엘 선생님은 눈을 감고 한참을 서 있다가 벽 쪽으로 가서 천천히 실내를 한 바퀴 돌았다. 대면 수업을 마친 아이들이 하나둘 와서 처음 보는 손님들에게 꾸벅 인사를 하고는 평소처럼 여기저기 흩어져 놀았다.

"평화로워요."

미리암 선생님 말에 도훈이가 물었다.

"부르키나파소에도 이런 나무가 있을까요?"

미리암 선생님은 어느새 소파에서 바닥으로 내려와 여기저기 기어 다니는 데버라를 눈으로 쫓으며 답했다.

"어쩌면? 그곳은 자연과 인간이 좀 더 가깝게 사니까 있을지도 모르죠."

"저도 부르키나파소에 가 보고 싶어요."

에마뉘엘 선생님이 말했다.

"우리는 언제나 손님들을 환영해요."

아이들이 박수를 치자 데버라도 엉덩이를 들썩이며 손바닥을 마주쳤다. 미리암 선생님이 데버라를 보며 환하게 웃었다.

에마뉘엘 선생님과 미리암 선생님이 아이들과 인사를 나눈 뒤 둥그렇게 둘러앉았다. 미리암 선생님이 먼저 말문을 열었다.

"여러분이 보내 주신 편지를 읽었어요. 정말 감동적이었어요. 그리고 새봄 학생이 보내 준 레인보우 크루의 춤도 보았고요. 아주 좋았어요. 여러분이 댄스 대회에 동영상을 제출할 시간이 많이 남지 않았다고 알고 있어요. 그렇지만 오늘 우리가 만난 이유는 꼭 대회 준비 때문만이 아닌 것 같아요. 저희 가족과 쿨레칸은 이 기회로 여러분과 함께 몸짓을 통해 대화를 나누고 연대하는 시작이 되길 바라요."

아이들이 모두 미리암 선생님의 말에 환호했다.

"언젠가 여러분들이 쿨레칸에 와서 같이 춤을 추고 서아프리카의 문화를 배울 수 있으면 좋겠어요. 오늘은 에마뉘엘 선생님이 여러분과 함께 놀며 우리의 몸을 발견하는 시간을 보낼 거예요. 이 짧은 시간에 춤을 배우기는 어렵겠지만 우리는 서로 연결될 거예요."

새봄이는 미리암 선생님의 이야기에 빨려 들어갔다. 아직 춤이 무엇인지 잘 모르지만 미리암 선생님의 이야기만으로도 호기심이 생겼다.

"에마뉘엘의 고향은 부르키나파소의 보보디울라소라는 도시예요. 부르키나파소는 '정직한 사람들의 땅'이라는 뜻입니다. 쿨레칸은 춤으로 환대하고 함께 마음을 나누고 서로를 높여 주는 사람들이에요. 지금부터 에마뉘엘 선생님이 여러분께 만딩고에 대해 설명해 줄 거예요. 에마뉘엘이 한국어를 조금 할 줄 알지만 긴 설명이 필요할 때는 제가 통역할게요."

미리암 선생님의 말에 예은이가 조심스럽게 말했다.

"저 선생님, 이 느티나무 안에서는 각자 자기 언어로 말해도 서로 다 알아들어요. 굳이 통역하지 않으셔도 돼요."

미리암 선생님은 예은이 말을 이해하지 못했다.

"통역을 해도 오래 기다리지 않아도 돼요. 에마뉘엘이 말하면 제가 동시에 통역할게요."

"아니, 그게 아니라요. 에마뉘엘 선생님이 프랑스어로 말해도 알아들을 수 있어요. 그게 느티 샘의 마법이죠."

그제야 예은이의 말뜻을 이해한 미리암 선생님이 눈을 동그랗게 뜨고 에마뉘엘 선생님을 바라보았다. 에마뉘엘 선생님이 장난스럽게 웃었다.

"미리암, 나는 이미 알고 있었어요. 이 안에 들어오는 순간 모든 친구들의 말이 그대로 들렸거든요. 그럼 이제 제가 말해 볼까요? 여러분, 반갑습니다."

아이들이 신이 나서 발을 구르며 소리쳤다.

"선생님, 반갑습니다!"

"제가 추는 춤은 만딩고예요. 만딩고는 땅, 물, 불, 나무 등 자연과 강하게 연결되어 있는 춤이에요. 그래서 이 느티나무 안에서 더 단단히 이어지는 느낌이 들어요. 제 몸의 에너지도 커지고 있어요. 저는 춤을 추기 위해 발을 구르고, 다시 일어나고, 뛰어오를 때 생명의 어머니인 땅과 교감하는 것을 느껴요. 오늘 우리의 몸짓은 나무와 하나가 될 거예요. 또 나무와 연결된 땅과 하늘까지 이어지는 에너지가 될 거예요."

도훈이는 에마뉘엘 선생님의 말만 들어도 가슴이 쿵쿵 울렸다. 5학년 때 니카와 금란이한테 처음 춤을 배울 때와는 또 다른 느낌이었다.

"오늘은 몸의 움직임에 대해 배울 거예요. 우리 가슴은 밝은 에너지를 뿜어내는 태양을 뜻하고, 골반은 어둠을 밝혀 주는 달을 뜻해요. 척추는 뱀과 같아요. 우리는 몸을 잘 알아야 해요. 춤을 추려면 우선 관절부터 움직여야 하니까요."

요한이는 사람의 몸에 해와 달이 들어 있다는 생각을 하니 자기 몸에 빛이 스며드는 느낌이 들었다. 에마뉘엘 선생님이 말할 때마다 느티나무 안에 밝은 기운이 점점 퍼졌다.

"자, 여러분 이제부터 우리 몸의 관절을 살펴볼 거예요. 돌아가면서 관절을 움직이며 하나씩 말해 보세요."

아이들은 목, 어깨, 팔꿈치, 팔목, 척추, 고관절, 무릎, 발목, 그리고 손가락과 발가락까지 짚어 갔다. 그 관절을 하나씩 움직이고, 또 관절의 움직임을 이어 더 다양한 동작을 만들었다. 도훈이는 그동안 춤을 추면서도 자기 몸에 그렇게 많은 관절이 있는 줄 깨닫지 못했다. 몸을 자각하는 과정은 곁에 있던 친구를 새롭게 발견하는 것 같았다. 관절을 알아보고 나서는 다 함께 손뼉 소리에 맞춰 두 발과 몸을 움직였다. 위로 뛰고 앞으로 나아가며 여섯 명의 몸과 소리가 하나가 되어 갔다. 몸치라고 걱정하던 예은이와 새봄이도 손뼉 소리에 몸을 맞추게 되었다. 움직이면 움직일수록 몸이 가벼워졌다. 아이들의 손뼉 소리와 발 구르는 소리가 흥겨웠는지 방 안을 기어 다니며 놀던 데버라도 앉아서 손바닥으로 방바닥을 쳤다. 여기저기 흩어져 놀던 느티나무 아이들도 하나둘씩 가까이 다가와 손바닥으로 바닥을 치거나 손뼉을 마주치고, 발을 구르기도 하며 리듬을 맞추기 시작했다.

예은이는 데버라를 가리키며 미리암 선생님에게 말했다.

"아기가 박자를 맞춰요. 천재인가 봐요."

"부르키나파소에서는 어린이들도 어른들과 함께 춤을 춰요. 걸음마를 배우면서 춤을 배우죠. 우리 데버라도 보보디울라소의 기운을 받아서 그런지 음악과 몸짓을 좋아해요."

"신기해요."

에마뉘엘 선생님은 느티나무 아이들을 둘러보며 이번에는 다 같이 부르키나파소 어린이들이 하는 놀이를 하자고 했다. 발로 하는 가위바위보였다. 에마뉘엘 선생님은 아이들을 두 줄로 서게 한 뒤, 쌍둥이 형제인 수용, 수영을 리더로 세웠다. 서로 다른 편이 마주 보고 서서 리더부터 발로 가위바위보를 했다. 상대편을 이기면 계속 다른 편 선수와 가위바위보를 할 수 있고, 그러다 지면 상대편 차례로 넘어갔다. 그렇게 엎치락뒤치락하다 마지막에 남은 사람이 많은 줄이 이기는 게임이었다. 처음엔 자기 팀이 지면 아쉬워하고 어떻게든 상대방을 이기려 하던 아이들은 놀이가 계속되면서 한마음이 되어 누가 이기든 상관없이 즐거워했다.

떠들썩한 분위기 속에서 신나는 음악이 들려왔다. 에마뉘엘 선생님이 각자 원하는 대로 몸을 움직여 보라고 했다. 음악에 맞춰 어깨를 들썩거리던 윤성이가 물었다.

"우리도 계속 같이해도 돼요?"

"물론이죠. 우리는 이제 다 같이 원을 만들려 해요. 자, 모두

둥그렇게 서세요."

아이들이 설레는 표정으로 빙 둘러섰다. 에마뉘엘 선생님이 아이들과 차례차례 눈을 맞추었다.

"우리는 모두 이 원 안에 있는 한 사람이에요. 원 안에서는 위아래 구분이 없어요. 모두 동등하고, 모두 소중한 존재예요. 우리는 지금 나오는 음악에 맞춰 춤을 출 거예요. 그냥 음악에 몸을 맡겨요. 그러다 아무나 한 명이 이 원 안으로 들어와 춤을 추세요. 잘 추건 못 추건 상관없어요. 우리에게 자신이 누구인지 말해 준다고 생각하세요. 우리는 모두 다 달라요. 누구는 키가 크고, 누구는 작고, 누구는 여성이고, 누구는 남성이고, 누구는 아홉 살이고, 누구는 열세 살이죠. 이 원 안에서는 부자도 가난한 사람도 상관없이 모두 평등해요. 어른도 아이도 마찬가지죠. 우리의 몸짓은 또 하나의 언어예요. 이제 몸으로 각자를 소개해 봐요."

아이들은 서로 눈치를 보며 쭈뼛거렸다. 음악에 맞춰 몸을 움직이면서도 선뜻 가운데로 나서지 못했다. 그러자 에마뉘엘 선생님이 한가운데에서 춤을 추기 시작했다. 민용이와 도훈이는 선생님의 몸짓에서 눈을 떼지 못했다. 에마뉘엘 선생님의 긴 팔이 물가의 홍학처럼 우아하게 움직이다가 갑자기 높은 바위산 위를 나는 독수리의 날갯짓으로 바뀌었다. 웅장하고 묵직한 타악기 리듬에 따라 성큼성큼 걷다가 빠르고 가벼운 소리가 들리자 이번에는 발이 보이지 않을 만큼 빨리 움직였다. 선생님의 몸이 사냥을 하는 사자처럼 보였다. 에마뉘엘 선생님의 몸은 가슴, 어깨, 엉덩이, 팔과 손, 다리와 발, 모든 부분이 따로따로 살아 움직이는 듯하다가 어느 순간 아름다운 한 그루 나무로 변했다. 선생님이 원 밖으로 나가자 금란이가 불쑥 가운데로 나섰다. 금란이는 바닥에 머리를 대고 돌다가 머리에서 어깨, 어깨에서 등으로 중심을 옮겨 가며 회전했다. 그렇게 온몸을 굴린 뒤 두 발로 바닥을 짚고 힘차게 일어났다. 도훈이는 문득 작년에 청소년센터에서 비보잉 선생님한테 배운 기본 동작이 떠올랐다. 다른 애들보다 금세 윈드밀을 배운 금란이는 그 동작을 하다 보면 중국에서 한국으로 와 적응하던 자신을 표현하는 기분이라고 했다.

"바닥에서 돌다가 내 힘으로 일어서서 아이들 사이로 당당하게 들어가는 그 순간 같아."

그때 도훈이는 금란이의 말이 참 멋지다고 생각했다. 도훈이는 금란이가 원 안에서 윈드밀을 보여 준 까닭을 알 것 같았다. 제자리로 들어오는 금란이를 보고 도훈이가 나갔다. 도훈이 역시 청소년센터에서 처음 비보잉을 배울 때 연습했던 킥스텝을 리듬에 맞춰 반복했다. 도훈이에게 춤은 늘 혼자였던 자신을 친구들 속으로 걸어 들어가게 해 준 소중한 용기 그 자체였다. 도훈이는 이제 어디로든 그렇게 발을 내딛고 싶었다. 잠시 주춤하고 뒤로 물러서고 싶은 순간도 있겠지만 킥스텝처럼 어떻게든 앞으로 나아가리라는 것을 믿었다. 춤을 추며 뭔가 의미를 담으려고 노력하는 형 누나 들과 달리 동생들은 그저 음악에 몸을 맡기고 뱅글뱅글 돌거나 제자리에서 뛰었다. 에마뉘엘 선생님은 누가 어떤 몸짓을 하든 거기에 맞춰 춤을 추고 흥을 돋우었다. 그렇게 한바탕 놀고 나자 얼굴에 땀이 송골송골 맺혔다. 미리암 선생님이 숨을 가쁘게 쉬는 아이들에게 말했다.

"여러분, 우리는 오늘 하나의 숲을 이루었어요. 숲은 휴식이기도 해요. 숲이 된 서로를 느껴 보아요. 모두 누우세요. 세상에서 가장 편한 자세로 누우면 돼요. 그리고 눈을 감으세요."

아이들이 다 눕자 미리암 선생님이 아주 잔잔한 음악을 틀었다. 처음엔 졸졸졸 시냇물 소리 같다가 넓은 호수의 맑은 수면이 떠오르는 음악이 이어졌다. 그리고 에마뉘엘 선생님이 낮은 목소리로 시를 읊기 시작했다. 아주 낮고 작게 읊어서 무슨 말인지 잘 전해지지 않았지만 맨 마지막 마디는 모두 제대로 들었다.

"……우리 모두가 땅에서 태어난 형제자매들이에요. 여러분과 저는 하나예요."

민용이는 그 말을 들으며 자기도 모르게 눈물이 흘렀다. 에마뉘엘 선생님의 시 낭송이 끝나자 미리암 선생님이 말했다.

"에마뉘엘은 멀리서 온 손님이에요. 부르키나파소에는 멀리서 온 손님을 더 귀하게 대접해 낯선 곳에서 불편하지 않도록 배려해 주는 문화가 있어요. 그런데 한국에서는 에마뉘엘을 그렇게 맞아 주지 않았어요. 그래도 에마뉘엘은 여기 남아 예술로 약하고 가난한 이들을 환대하고 함께하는 문화를 키워 가고 있어요. 우리도 오늘 서로를 환대했어요. 여러분이 초대해 주셔서 기쁘고 정말 고마워요. 저는 오늘을 잊지 못할 거예요. 우리는 또 만날 거예요. 오래전부터 서로 연결되어 있었으니까요. 이 나무와 땅과 하늘과 태양, 그리고 멀리 있는 숲의 식물들까지. 우리는 하나예요. 자, 이제 모두 일어나 앉아요. 오늘은 여기서 헤어지지만 곧 다시 만나요."

새봄이는 일어나 앉으면서 창문 앞에 서 있는 느티 샘을 보았다. 아마 아이들이 누워 있는 동안 들어온 모양이었다. 에마뉘엘 선생님이 느티 샘을 향해 목례를 했다.

"여러분은 아주 중요한 일을 하고 있어요. 제가 예술가가 된 이유는 제가 태어나고 자란 부르키나파소의 사회 문제에 대해 이야기하고 싶었기 때문이에요. 제가 태어난 나라도 프랑스 식민지였고 전쟁을 겪었고 지금도 폭력이 벌어지고 있어요. 제가 그 이야기를 춤으로 표현하듯이 여러분도 이 마을과 이 나무에 대한 이야기를 춤으로 표현하려 하고 있어요. 우리, 예술을 통해 우리의 이야기가 울려 퍼지도록 합시다."

에마뉘엘 선생님과 미리암 선생님이 인사를 마치자 느티 샘이 다가갔다.

"고맙습니다. 감동적인 시간이었어요."

미리암 선생님이 느티 샘을 안았다.

"저도 고맙습니다. 초대해 주셔서 감사해요."

에마뉘엘 선생님도 느티 샘을 포옹했다.

"저의 성은 사누입니다. 사누는 '숲의 아이들'이라는 뜻이에요. 그래서 한국 이름을 지을 때 '임산우'라고 지었어요. 수풀 림, 뫼 산, 비 우."

그 이야기를 듣고 느티 샘이 말없이 에마뉘엘 선생님을 다시 안았다.

"잘 왔어요. 숲의 아이 님."

에마뉘엘 선생님의 눈에 눈물이 가득 고였다. 새봄이와 예은이도 그 모습을 보고 눈물을 훔쳤다.

"새봄아, 나 생각났어."

예은이가 새봄이에게 귓속말을 했다.

"뭐가?"

"내가 처음 느티나무에서 와서 느꼈던 기분. 그게 뭔지, 이제야 알 것 같아. 어쩌면 에마뉘엘 선생님도 그래서 눈물을 흘리는지도 몰라."

"어떤 기분이었어?"

"환대받는 기분. 나는 내가 태어나지 말았어야 한다고 생각했거든. 엄마를 불행하게 했으니까. 그런데 느티 샘은 처음 본 나를 환대해 줬어. 느티 샘이 날 환대해 준 덕분에 내가 외할머니한테 가도 될 것 같은 용기가 났거든."

새봄이가 예은이를 꼭 안아 주었다. 새봄이와 예은이가 이야기하는 사이 어느새 탁자에 음식이 차려졌다. 민용이는 반미 샌드위치와 스프링 롤을 보는 순간 엄마가 만들어 준 음식인 줄 단박에 알아차렸다. 예은이도 할머니의 떡볶이를 한눈에 알아보았다.

"선생님, 저거 하나도 안 매운 떡볶이예요."

미리암 선생님이 예은이 말에 놀랐다.

"저렇게 빨간데 안 매워요?"

"네, 대포읍에는 이주민들이 많잖아요. 그래서 우리 할머니가 안 매운 소스를 개발했어요."

요한이도 도넛 같은 빵을 발견하고 입이 귀에 걸렸다.

"얘들아, 이건 퍼프퍼프라고 해. 나이지리아 간식이야. 도넛이랑 비슷해. 되게 맛있어."

"맛있겠다. 파티 하는 것 같아."

예은이 말에 요한이가 까불거리며 말했다.

"어, 어떻게 알았어? 저 퍼프퍼프, 나이지리아에서 파티 할 때 먹는 거야. 샘, 저거 우리 아빠가 만들었어요?"

"응, 내가 부탁했지. 오랜만에 정월대보름 잔치 같아."

느티 샘 말에 요한이는 어깨가 으쓱해졌다. 에마뉘엘 선생님은 탁자를 내려다보며 놀라워했다.

"꼭 고향에서 잔치를 하는 느낌이 들어요. 감사합니다."

에마뉘엘 선생님과 미리암 선생님은 밖으로 나와 홍규목을 올려다보며 아이들에게 "쿠라지."라고 되풀이해서 말했다.

"쿠라지가 무슨 뜻이에요?"

요한이가 묻자 에마뉘엘 선생님이 대답했다.

"부르키나파소에서 서로에게 용기를 주고 북돋을 때 '쿠라지'라고 말해요. 그래서 저도 여러분에게 쿠라지라고 인사한 거예요. 여러분 쿠라지, 쿠라지."

아이들도 에마뉘엘 선생님을 따라 외쳤다.

"쿠라지, 쿠라지!"

5.

레인보우 크루는 에마뉘엘 선생님과 미리암 선생님이 다녀간 뒤 더 자주 모였다. 춤을 추는 마음이 달라지자 몸짓도 달라졌다. 문제는 대회까지 시간이 너무 촉박하다는 것이었다.

"에마뉘엘 샘이 관절을 잘 움직이면 된다고 했는데 나는 관절이 안 움직여."

가장 열심히 연습하는 새봄이가 풀이 죽었다. 민용이 역시 시무룩했다.

"도훈이 형, 가사를 생각하면 동작이 머릿속에 막 그려지거든? 근데 막상 따라 하려면 안돼. RM 형이 '세상의 모든 약자들' 하고 외치는 부분이 나오면 가슴이 쿵쿵 뛰어. 그러면 내가 가슴을 내밀고 튕기며 더 앞으로 밀고 나가야 하는데 오히려 몸이 멈춰 버리는 것 같아."

"왜?"

"틀릴까 봐 겁나. 나 때문에 이 퍼포먼스 망칠까 봐."

그러자 요한이가 갑자기 랩을 쏟아내면서 몸을 움직였다.

"우리는 싸워야 해. 아직 죽기엔, 아니 포기하기엔 일러. 날아갈 수 없음 뛰어, 뛰어갈 수 없음 걸어. 우리가 짠 대로 춤을 출 수 없으면 그냥 네가 하고 싶은 대로 막 움직여."

예은이는 울음이라도 터뜨릴 듯한 얼굴로 투덜거렸다.

"나요한, 네 랩은 멋지지만 나는 생각대로 안 된다고."

"맞아. 우리는 하고 싶다고 몸이 막 움직여지지가 않아. 내 몸은 음악이랑 따로 놀아. 언니랑 도훈이 오빠는 그냥 걸어도 리듬이 느껴져. 근데 난 안 돼."

도훈이는 울먹이는 새봄이를 위로할 말이 떠오르지 않아 한숨만 쉬었다. 금란이가 착잡한 표정으로 말했다.

"김도훈, 무리 같아. 즐겁게 춰야 하는데 동생들이 다 너무 부담스러워하잖아. 솔직히 이 구성으로는 작년 레인보우 크루처럼 못 춰. 이대로 나갔다가는 예선에도 못 들어."

새봄이가 친구들을 엿살피며 물었다.

"우리 가사대로 하는 건 어때?"

요한이는 여전히 퉁명스러웠다.

"새봄 씨, 지금도 가사대로 짠 안무거든요?"

"그게 아니라, 우리가 너랑 도훈이 오빠, 금란이 언니를 따라가려고 애쓰기보다 그냥 할 수 있는 최선을 다하는 거야. '우리는 Extra, But still part of this world.'라는 이 가사처럼. 비록 춤을 잘 못 추지만 우리 역시 레인보우 크루의 일부다. 부족하지만 우리는 서로를 믿는다. 이렇게 서로의 곁을 지킨다. 뭐 그런 의미로."

새봄이 말에 민용이와 예은이는 솔깃했지만 금란이의 얼굴은 밝아지지 않았다. 도훈이가 뭔가를 골똘히 고심하다가 침묵을 깼다.

"나는 새봄이 생각이 나쁘지 않은 것 같아. 그렇지만 그걸로 댄스 대회에 나가지는 못하겠지. 대회에서는 실력을 먼저 볼 테니까."

요한이가 성난 표정으로 투덜거렸다.

"그래서 어쩌라고?"

"다른 방법을 찾아보자는 거야."

"뭐야, 댄스 대회 포기하자고? 자기가 먼저 하자고 해 놓고? 도대체 무슨 방법이 있겠어? 형이 대안을 말해 봐."

한참 동안 한숨만 내쉬던 도훈이가 자신 없는 목소리로 물었다.

"우리 중에 유명한 유튜버 아는 사람 없어?"

금란이가 어처구니없다는 표정으로 도훈이를 보다가 갑자기 뭔가 생각난 듯 소리쳤다.

"브이로그 하자."

"브이로그?"

"청소년문화센터 유튜브 계정에 우리 레인보우 크루 브이로그를 올리는 거야. 날마다 한 2~3분짜리로."

브이로그라는 말에 눈이 번쩍 뜨인 도훈이는 금란이를 재촉했다.

"자세히 설명해 봐."

"작년에 청소년센터에서 온라인으로 브이로그 만드는 강의 들었거든. 만들기 쉬워. 집에서 하려니까 동생들이 방해해서 그만뒀지만 재미도 있어."

"우리가 아이돌도 아니고 누가 관심을 가지겠어?"

예은이가 의심쩍은 투로 물었다.

"모르는 소리. 청소년 브이로그 많이 해. 그냥 평범한 개인이 하는 것도 있고. 우리는 청소년센터 유튜브 채널을 이용할 수 있잖아. 홍규목 아래서 연습하는 모습을 올리는 거야. 가끔 홍규목을 클로즈업해서 보여 주기도 하고. 나는 그것만으로도 멋질 것 같아."

새봄이도 눈을 반짝였다.

"언니, 브이로그 잘 만들 수 있어?"

"잘은 모르지만 만들 수는 있어. 솔직히 누구든지 할 수 있어. 배우기만 하면 나보다 너나 민용이가 더 잘할걸?"

도훈이가 들뜬 표정으로 말했다.

"금란아, 멋지다. 넌 진짜 머리가 좋은 것 같아. 너무 좋은 아이디어야."

"이제 알았어? 앞으로 내 말 무시하지 마라."

거들먹거리는 금란이에게 민용이가 썩 내키지 않는 투로 물었다.

"근데 누나, 그거 하려면 춤 말고도 신경 쓸 게 많지 않을까? 의상이라든가."

금란이가 고개를 저었다.

"브이로그는 그냥 일상을 보여 주는 거야. 우리 연습하는 거 찍어서 짧게 편집하면 돼. 폰에 앱 깔면 편집도 쉬워. 우리 연습 재밌잖아. 되게 열심히 하고. 그 자체를 보여 주는 거야."

새봄이는 브이로그만큼 좋은 대안이 없다고 확신했다.

"상상만 해도 재밌어. 우리 연습이 「Not Today」 가사 그대로잖아? 사람들이 보고 웃을지도 모르지만 우리 진정성 하나는 알아주잖아."

"홍규목의 이 멋진 자태를 보여 줄 수도 있고. 그러면 사람들이 홍규목을 천연기념물로 만들자고 찬성하는 댓글 달고 그럴지도 모르잖아."

민용이는 자기 모습이 유튜브에 올라가는 게 썩 달갑지는 않았지만 마지못해 찬성했다. 어쩌면 자기 실력으로 댄스 대회에 나가기보다는 그편이 나을 것 같았다. 금란이는 그런 기특한 생각을 떠올린 스스로가 대견했다. 무엇보다 자기도 느티 샘에게 뭔가 도움이 될 수 있어 뿌듯했다.

"그럼 누나가 브이로그 강의해 줘."

"내가?"

"응, 우리 다 잘 모르잖아."

"좋아. 내일부터 하자. 근데 어디서 하지? 민용이네 미용실에서 하면 너무 늦고, 느티나무에서는 인터넷이 안 되잖아."

새봄이가 조심스럽게 말했다.

"우리 집 어때?"

새봄이가 집으로 친구를 초대하는 건 처음이라 다들 놀랐다. 예은이가 물었다.

"너희 엄마가 싫어하시지 않을까?"

"괜찮아. 낮에는 절대 집에 안 와."

금란이는 새봄이의 초대를 받아 기분이 좋았다. 예은이도 마찬가지였다. 금란이도, 예은이도 친구네 집에 초대받아 가 본 적이 없었다. 그래서 느티나무의 환대가 더 소중했다. 느티샘과 레인보우 크루가 아니면 금란이는 하루 종일 게임에만 파묻혀 살았을 테고, 예은이 역시 은둔형 외톨이가 되었을 거라 생각했다.

"우리 새봄이네 갈 때 예은이네서 떡볶이 사 가자. 내가 모아 놓은 돈으로 살게."

도훈이는 구두쇠 같던 금란이가 떡볶이를 산다는 말이 뜻밖이었다. 친구들을 향한 금란이의 진심이 느껴졌다.

"그럼 나는 음료수 살게."

"뭐야? 도훈이 오빠랑 금란이 언니가 선배라고 티 내는 거야? 나는 아주 비싼 식탁을 준비할게."

새봄이 말에 모두 크게 웃었다. 이제까지 레인보우 크루에 맴돌던 긴장이 한순간에 풀렸다.

"민용아, 저기도 포스터 붙었다."

새봄이가 통일마크사 입구를 가리켰다.

"진짜네."

"저 할아버지 해병대 전우회 회장님이시거든. 원래 우리 아빠를 엄청 싫어하셔. 대학교 다닐 때 데모했다고 빨갱이라고 그래. 그런데 이번에 느티 샘 일은 앞장서서 나서 주신대."

"나 그 할아버지 되게 무서웠는데. 만날 군복 입고 까만 선글라스 끼고 다니면서 잔소리해서."

"아빠가 그랬어. 사람 겉만 봐서는 모른다고. 근데 너 어쩜 저렇게 홍규목이랑 똑같이 그렸어?"

민용이는 대포 청년회가 포스터에 쓸 그림을 그려 달라고 했을 때 은근히 기분이 좋았다. 느티 샘을 위해 할 수 있는 일이 생겨 으쓱하기도 했다. 무엇보다 느티 샘 일에 청년회가 적극적으로 함께 나서 주어 기뻤다. 대포 청년회는 핫도그 가게를 하는 스물둘 청년부터 마흔이 넘은 민용이 아빠까지 나이대가 다양하다. 가끔 새봄이 아빠도 거기 낀다고 해서 새봄이와 민용이가 놀리기도 했다. 대포 청년회의 공통점은 어린 시절을 당산나무 홍규목 품에서 보내고 어른이 돼서도 대포읍에서 산다는 거다. 중앙로 상가에서 가게를 하거나 근처 공장에

다니는 사람이 대부분이고 더러 부모님 농사를 이어받은 사람도 있다. 1년에 두세 차례 물 축제나 명절에 모여 품앗이를 하던 모임이었는데 이번에 홍규목을 지키기 위해 평화서점 3층에 사무실을 냈다. 그리고 홍규목을 천연기념물로 추천하자는 포스터를 만들어 중앙로 곳곳에 붙였다. 뚜야 아저씨의 미얀마 식당, 대포 시장의 프엉빵집, 호아센미용실도 빠지지 않았다.

"엄마, 아파트가 홍규목보다 더 좋은 거 아니야?"

"오래된 나무 베면 무서워. 안 돼. 그리고 엄마 돈 벌어. 아파트 이사 꼭 가."

민용이는 엄마가 홍규목을 지키는 데 함께하게 돼서 기뻤다.

문제는 우려했던 대로 재개발 조합 반대였다. 느티 언덕과 대포 시장 쪽으로 아파트 후문을 내자는 사람들 중에 그쪽에 건물을 가진 조합원들이 몇 있었다. 새봄이에게 그 이야기를 들은 민용이는 아빠한테 구시렁거렸다.

"너무 이기적이야. 어떻게 홍규목 걱정은 하지도 않지?"

"시청 쪽에서는 홍규목을 천연기념물로 등재하는 데는 찬성해. 문제는 민원이지."

"주민들이 반대하면 천연기념물이 안 될 수도 있어?"

민용이 아빠가 착잡한 표정으로 고개를 끄덕였다.

"근데 천연기념물이 되는 게 무조건 좋은 일만은 아닌 것 같아. 다른 지역 사례를 조사해 보니까 천연기념물이 된 뒤에 나무 상태가 더 나빠지는 데도 많대."

"왜? 천연기념물로 지정되면 나라에서 관리해 준다며?"

"그래서 나무한테 더 나쁜 영향을 미치기도 한다네. 불필요한 관리를 해서 오히려 자생력을 잃는 경우도 있대. 가장 큰 걱정은 천연기념물이 되면 홍규목과 우리가 멀어지는 거지."

"그게 무슨 말이야?"

"홍규목을 보호하는 철책을 칠 거야. CCTV도 설치하고."

민용이는 아빠가 무엇을 걱정하는지 대번에 알아챘다.

"그럼 느티 샘이 홍규목에서 나올 수가 없겠네? 우리도 놀러 가지 못하고?"

"그럴 수도 있지."

"아빠, 그래도 천연기념물이 돼야 홍규목을 지킬 수 있는 거지?"

"꼭 그런 것만은 아니야. 이 느티 언덕이 홍규목 앞으로 되어 있으니까 당장 무작정 토지를 수용할 수는 없을 거야. 그래서 더 알아보려고. 대포 청년회가 홍규목을 지킬게."

"아빠가 그렇게 말하니까 든든해."

"믿어 봐. 이번 일로 오랜만에 모인 대포읍 선후배들이 그동안 홍규목뿐 아니라 마을 일에 너무 무심했다고 반성했어. 다들 느티 샘한테 받은 게 많거든. 그래서 이번엔 우리가 꼭 홍규목을 지키자고 의견을 모았어. 다 너희 덕분이야. 너희가 뭐든 하려는데 정작 어른들은 서로 눈치만 보고 있었던 게 부끄러웠어. 이제 대포읍에 농사짓는 사람보다 그렇지 않은 사람이나 이주민이 더 많으니 예전 같은 방식으로는 못 하겠지만 당산제도 축제처럼 다시 해 보려 해. 우리 모임 이름도 바꿨어. 대포 마을회로."

"진작 그랬어야지. 솔직히 아빠가 청년은 아니잖아."

"민용아, 너 몰라서 그래. 다들 아빠더러 30대 초반 같대."

"그건 아니다."

"그렇게 말하니 좀 섭섭하다, 아들."

"아빠는 그렇다고 쳐. 새봄이 아빠는 곧 환갑이신데 청년회라니."

민용이 아빠가 얼굴이 빨개지도록 웃었다.

"맞아, 좀 심했지. 그만큼 그동안 우리가 대포읍에서 아무것도 안 했다는 얘기야. 어쨌든 그래서 이번에 마을회로 바꾸면서 회원도 더 늘었어. 프엉빵집의 보라 엄마, 할랄 정육점의 아시드 씨도 들어온대. 뚜야 씨도 미안마 일로 정신없지만 함께하기로 했고, 대포읍 대표 영어 선생님 야곱 씨랑 우리 호아센 미용실 원장님도."

"우아, 진짜?"

"응. 코로나 끝나면 다문화센터에서 하던 물 축제도 다시 열기로 했어. 그러니 너무 걱정하지 마. 홍민용 군, 우리 같이 홍규목을 지켜 봅시다."

"넵!"

6.

레인보우 크루는 연습이 있는 날마다 브이로그를 만들어 올렸다. 홍규목의 멋진 모습도 꼼꼼히 담았다. 브이로그를 찍으며 하는 연습 덕분에 민용이와 새봄이, 예은이의 로봇 같은 몸짓도 풀리고 박자도 제법 맞추게 되었다. 학교에서 레인보우 크루를 알아보는 학생들도 생겼다. 누군가에게 주목받기를 싫어하는 민용이는 몸 둘 바를 몰랐지만 대포읍 아이들이 홍규목에 관심을 갖게 된 것은 뿌듯했다.

"빅뉴스, 빅뉴스."

9월이 됐는데도 한낮 기온이 30도를 오르내리는 탓에 연습은 해 질 녘에야 시작했다. 오늘은 늦겠다던 새봄이가 친구들이 잠시 쉬는 사이에 호들갑을 떨며 느티 언덕으로 올라왔다.

"방금 엄마 사무실에 들렀다가 통화를 엿들었거든. 아파트 후문, 느티 언덕 쪽으로 안 날지도 몰라. 지금 협의 중이래. 웅등산 해병대 담 건너편으로 후문을 내서 신도시로 나가는 우회도로랑 연결하자고."

"왜 갑자기?"

금란이 물음에 새봄이는 잠시 우물쭈물했다. 그러다 눈을 딱 감고 말했다.

"우리 엄마가 그 의견을 낸 것 같아. 아파트에 입주할 주민들은 절대 대포 시장에 가지 않을 거라고. 단지 안에 대형 마트랑 상가 자리가 따로 있대. 입주민들은 당연히 거길 갈 거라고."

아이들이 떨떠름한 얼굴로 고개를 끄덕였다.

"좋은 소식인데 뭔가 찜찜하다."

금란이가 꺼림칙한 표정으로 투덜거렸다. 다들 말이 없자 요한이가 해맑게 말했다.

"잘됐는데 왜 다 표정이 그래?"

"맞아, 잘됐네."

예은이도 마지못해 맞장구를 쳤다. 그때 도훈이가 친구들에게 조심스럽게 말을 꺼냈다.

"느티 샘이 오늘 연습 끝나고 모이래."

"왜? 무슨 일이지?"

새봄이가 걱정스러워 하자 요한이가 까불었다.

"우리 고생했다고 파티 하자고 부르셨을 수도 있지. 뭘 걱정해. 느티 샘이 우리한테 걱정 끼칠 분이 아니잖아."

날이 어둑해질 무렵 연습이 끝났다. 해가 서쪽으로 넘어갔는데도 후텁지근한 더위가 가시지 않았다. 그러나 느티나무에만 들어서면 시원한 기운이 느껴지고 습기도 사라졌다. 느티 샘은 냇가 작은 바위에 걸터앉아 있었다.

"샘, 왜 모이라고 했어요? 혹시 천연기념물이 안 될까 봐 걱정돼서 그래요?"

요한이의 말에 아이들의 시선이 모두 느티 샘을 향했다. 느티 샘이 희미하게 웃으며 고개를 저었다.

"아니, 나는 오히려 천연기념물이 되길 원하지 않아."

그러고 보니 느티 샘은 천연기념물 얘기를 입에 담은 적이 없었다.

"왜요? 천연기념물이 돼야 샘이 오래오래 여기 살죠. 아파트 땜에 뿌리가 잘려 나가면 어떡해요."

"너희랑 대포읍 사람들이 애써 주는 마음은 알지만 나는 천연기념물이 돼서 박제처럼 살고 싶지 않아."

"그게 무슨 말씀이세요?"

도훈이가 울먹이는 소리로 묻자 느티 샘은 아이들 한 명 한 명과 눈을 맞췄다.

"얘들아, 나는 지금처럼 대포읍의 당산나무로 살고 싶어. 천연기념물이 된 나무들을 직접 본 적은 없지만 책에서 사진으로 봤어. 모두 나하고는 비교가 되지 않을 만큼 멋진 나무들이더구나. 나보다 오래 산 나무들도 많고 그 위용이 대단해. 내가 여행을 떠날 수 있다면 그분들을 직접 만나 이야기를 나누고 싶을 정도였어."

"샘도 진짜 멋져요. 충분히 천연기념물이 될 수 있어요."

예은이 말에 느티 샘이 웃었다.

"예은이가 그렇게 말해 줘서 고마워. 그런데 나는 그 훌륭한 천연기념물들이 왠지 외롭고 쓸쓸해 보이더라."

"왜요?"

민용이는 느티 샘의 이야기에 아빠와 나눈 대화가 떠올랐다. 그러나 나머지는 모두 어리둥절한 표정으로 느티 샘을 쳐다보았다.

"사람이 나이가 들면 돌봐 줄 사람이 필요하듯이 나무도 오래 살면 여기저기 탈이 나지. 숲이 아닌 곳에서 살고 있다면 더더욱. 그래서 천연기념물이 되면 그 나무가 건강하게 오래 살 수 있도록 여러 가지로 신경을 쓸 거야. 먼저 사람들이 나무를 훼손하지 않도록 철책을 둘러 가까이 다가오지 못하게 하겠지? 나무를 돋보이게 하기 위해 잔디를 깔고 주변을 깨끗이 정리할 테고. 그러면 나한테 소중한 느티 언덕의 풀이 다 뽑혀 나갈 거야. 너희도 이제는 알지? 나에게 저 한해살이, 여러해살이 식물들이 얼마나 소중한 존재인지. 그리고 느티 언덕을 오르내리는 사람 중에 마을 사람들보다 구경꾼이 더 많아질 수도 있어. 또 나뭇가지 하나라도 부러질까 살피며 보호대를 세울 거고. 그래서 천연기념물이 된 나무들은 대개 마치 절터의 석탑처럼 홀로 고고하게 서 있더라. 그런데 나는, 아니 나무들은 다른 나무들과 숲을 이루며 살 때 행복해."

"천연기념물이 돼도 그렇게 하지 말아 달라고 우리가 부탁하면 되잖아요."

도훈이 말에 느티 샘이 고개를 저었다.

"국가가 관리하는 천연기념물이 되면 그러기 어려울 거야. 사진 속의 천연기념물들도 예전에는 마을 사람들과 함께 살았을 거야. 한여름에는 그 그늘 아래로 모인 마을 사람들이 햇볕을 피하면서 두런두런 이야기를 나누며 쉬고, 때로는 샘물 한 그릇을 떠다 놓고 기도를 했겠지. 그런데 이제는 사람들이 철책 너머에서 감탄하며 바라볼 뿐이야. 물론 지금도 마을의 귀한 나무로 섬기는 마음은 변함없겠지만."

새봄이가 애가 타는 얼굴로 말했다.

"그건 나무를 보호하기 위해서잖아요. 사람들이 천연기념물이라고 하면 막 찾아와서 나무에 올라가 사진 찍다가 부러뜨리고, 뿌리를 함부로 밟아 놓고, 심지어 어떤 사람들은 가지를 꺾어 간대요."

"알아, 모르지 않아. 나무를 보호하기 위해 그러는 거. 그렇지만 사진 속의 나무들은 왠지 외로워 보였어. 마을 한가운데 있는 데도 마을과 동떨어진 느낌이라고 할까? 더러는 후계목이 가까이 있어 덜 외로워 보이기는 했지만. 그 사진을 보며 나도 내 후계목을 잘 지켜야겠다는 생각도 했지. 나는 오랫동안 마을 공동체의 일원으로 살았어. 앞으로도 마을과 숲을 연결하는 다리로 살고 싶어."

느티 샘의 말에 시무룩해진 아이들을 보며 민용이가 조심스럽게 입을 열었다.

"우리 아빠가 그랬어요. 주변에 CCTV를 설치하고 관리하는 공무원들이 수시로 드나들 거라고. 그러면 느티 샘이 지금 같은 모습으로 살 수 없을지도 모른다고요. 우리도 느티나무에 들어올 수 없고요. 저는요, 그렇게 되면 정말 슬플 것 같아요."

아이들이 모두 소스라치게 놀랐다.

"진짜예요? 홍민용 말이 맞아요?"

"아마도?"

예은이가 금세라도 울음을 터뜨릴 듯한 표정을 지었다.

"그럼 천연기념물 되면 안 되겠네요."

느티 샘이 예은이의 머리를 쓰다듬었다.

"천연기념물이 돼도 어쩔 수는 없지. 내가 어쩔 수 있는 일은 아니니까."

"그렇게 말하면 안 되죠. 샘 일인데, 샘한테 좋은 방향으로 해야죠."

"샘은 오래오래 살아야 해요."

아이들이 울먹이자 느티 샘도 목소리가 젖었다.

"생명을 가진 모든 존재는 언젠가는 죽게 되어 있어. 그렇다고 어느 날 갑자기 죽는 건 아니야. 서서히 늙어 가는 거야. 사람들처럼. 그리고 내가 죽는다고 모든 게 다 끝나는 것도 아니야. 생명을 가진 존재들은 죽어도 쓸모없는 쓰레기가 되지 않아. 죽어서도 다른 생명을 살리는 거름이 되지. 흙으로 돌아가 다른 생명의 먹이가 된 우리는 그 새로운 생명 안에서 영원한 삶을 살아가는 거야. 그렇게 새로운 식물들이 자라고 동물들이 자라며 숲을 만들어 가는 거고."

새봄이가 부루퉁한 표정으로 말했다.

"샘이 하시는 말씀 조금은 알아요. 책에서 그런 얘기 읽은 적 있어요. 그렇지만 우리는 샘이랑 아직 헤어지기 싫어요."

"내가 말했잖아. 갑자기 죽는 게 아니라 서서히 늙어 가는 거라고."

도훈이도 손등으로 눈을 비비고는 담담한 척 물었다.

"그러면 샘이 원하는 건 뭐예요?"

"도훈이가 그렇게 물어봐 줘서 정말 고마워. 나는 태어나서부터 마을이 내려다보이는 동산에서 500년을 살았어. 그중 100년을 당산나무로 살았지. 나는 여기 서서 사람들의 이야기에 귀 기울이고, 하소연을 듣고, 함께 울고 웃었어. 사람들이 내게만 털어놓는 이야기를 듣는 게 좋았어. 지금도 점심시간이면 웅등산 기슭에 있는 관공서나 회사에서 일하는 사람들이 커피나 음료를 들고 와서 담소를 나누다가 가거든. 그 이야기를 엿듣는 것도 재미있어. 가끔 폐지를 줍는 노인들, 택배 기사님도 저 평상에 누워 잠깐 쉬곤 해. 그러면 나뭇가지를 흔들어 땀을 식혀 주기도 하지. 나는 그런 모든 순간에 행복해. 무엇보다 나를 너희에게 열어 주고 이 기억의 숲을 만나게 하는 순간이 가장 큰 기쁨이지. 나는 너희가 이 기억의 숲을 미래의 숲으로 바꿔 주길 바라거든."

다들 한참 동안 말이 없었다. 느티 샘이 원하는 게 무엇인지 모두 분명하게 알아들었다. 그리고 레인보우 크루 역시 느티 샘과 같은 걸 원했다. 느티 샘이 다시 말을 이었다.

"나는 너희가 있어서 희망을 버리지 않아. 우리 식물들이 사람들과 함께 계속 살아갈 수 있을 거라는 희망, 숲을 되살릴 수 있다는 희망. 그래서 나는 천연기념물로 오래오래 살아남기보다 당산나무로 너희와 함께 살아가고 싶어."

또다시 침묵이 이어졌다. 민용이가 도훈이를 툭툭 치며 보채자 도훈이가 마음을 굳힌 듯 레인보우 크루를 돌아보며 말했다.

"느티 샘이 행복해야 우리도 행복하니까, 샘이 원하는 대로 해요."

그제야 느티 샘 얼굴이 환하게 펴졌다.

"대포읍 마을회에는 이미 말했어. 가장 걱정한 너희가 동의해 주니 비로소 마음이 편해진다."

언제나 무거운 분위기를 참지 못하는 요한이가 나섰다.

“샘, 방금 아주 좋은 생각이 났어요. 우리 후계목 이름 공모해요.”

새봄이가 반색하며 맞장구쳤다.

“우아, 나요한! 천재적인 아이디어다. 공모전 상품은 중앙로에 있는 식당 이용권 이런 것도 좋겠다. 평화서점에서 책 살 수 있는 상품권이나.”

“좋다. 샘한테 후계목이 있다는 것도 더 많은 사람한테 알릴 수 있고, 우리 당산나무 홍규목을 지키자는 캠페인도 할 수 있고.”

느티 샘은 아이들이 앞다퉈 쏟아 내는 말에 귀를 기울이며 흐뭇한 표정을 지었다.

2학기 첫 대면 수업이 끝나고 교문을 나서는데 누군가 새봄이를 불렀다. 돌아보니 이번 학기부터 대포중학교에 다니는 마리아였다.

“새봄, 너 레인보우 크루지?”

“응, 어떻게 알았어?”

“나 너희 브이로그 구독해.”

“진짜? 그건 또 어떻게 알았어?”

“나 원래 대포다문화센터 다녔어.”

“그랬구나.”

마리아는 칡고개 너머 복숭아 농장에 산다. 작년에 그 농장주와 재혼한 엄마를 따라 한국에 와서 강화에 있는 대안 학교에 다녔다. 마리아 엄마가 호아센미용실 단골이라 민용이는 마리아네 형편을 대충 알고 있었다. 새봄이도 민용이에게 마리아에 대해 들었다. 마리아는 전학 온 날부터 전교생의 눈길을 끌었다. 일산에 있는 연예 기획사 연습생이라는 헛소문까지 돌았다.

"나, 레인보우 크루 하고 싶어."

새봄이는 처음엔 잘못 들은 줄 알았다. 기획사 연습생이란 말은 헛소문이었지만 마리아가 오디션을 보러 다닌 건 사실이었다. 그러니 춤 솜씨도 레인보우 크루와 견줄 수 없을 만큼 좋을 게 분명했다.

"브이로그 보면 알겠네. 우리 춤 잘 못 춰. 코로나 지나면 청소년센터에서 댄스 동아리 시작할 거야. 차라리 그거 해."

"아니, 나 레인보우 크루 하고 싶어."

"왜?"

"재미있을 것 같아."

"우리는 댄스 크루라기보다 그냥 수다 크루야."

"알아. 그래도 하고 싶어."

새봄이는 마리아에게 레인보우 크루를 어떻게 설명해야 할지 막막했다. 그런데 마리아가 뜻밖의 말을 했다.

"나, 레인보우 크루 춤 아니고, 레인보우 크루 정신 좋아."

"레인보우 크루 정신? 우리 그런 것도 없는데."

"「Not Today」. 내가 최고로 좋아하는 노래. 나 한국, 아이돌 하고 싶어 왔어. 그러나 이제 알아. 나 지금 친구가 필요해. 레인보우 크루 같은."

새봄이는 마리아가 무슨 이야기를 하는지 어렴풋이 알 것 같았다.

"친구들하고 의논해 볼게."

"오케이."

새봄이는 밝게 웃으며 돌아서는 마리아에게 덧붙였다.

"근데 아마 된다고 할 것 같아."

마리아가 눈을 찡긋했다.

오늘치 브이로그를 다 찍고 평상 위에 모여 편집하느라 바쁜 레인보우 크루에게 새봄이가 학교에서 마리아와 나눈 이야기를 전했다.

"왜?"

다들 약속이나 한 듯 똑같은 반응이었다.

"레인보우 크루의 정신이 좋대."

"우리한테 정신이 있었어?"

금란이가 아이들을 돌라보며 물었다. 요한이가 어깨를 으쓱했다.

"아무렴 어때? 난 찬성."

“나요한, 너 뭐냐? 너답지 않게 흔쾌히 찬성하는 이유가 뭐야?”

새봄이의 추궁에 요한이 얼굴에 빨개졌다.

“걔 우리 반이잖아. 겉모습이랑 달라. 털털하고. 근데 애들이 겉모습만 보고 경계를 해.”

요한이 말에 새봄이의 표정이 금세 누그러졌다.

“하긴 나도 외로워 보인다는 느낌이 들었어. 걔도 그런 말을 하더라. 친구가 필요하다고.”

그러자 금란이가 말했다.

“그럼 뭘 망설여? 그냥 오라고 해. 다음 주부터 에마뉘엘 샘이 일주일에 한 번씩 워크숍 해 준다고 했잖아. 그때 마리아도 같이하면 좋지.”

“그래, 나도 찬성. 우리 레인보우 크루가 늘어나는 건 무조건 찬성이야.”

“아무래도 우리 레인보우 크루 대식구가 될 것 같아.”

“그건 또 무슨 말이야?”

“토야랑 솔롱거도 하고 싶대.”

도훈이 말을 예은이가 반겼다.

“그래? 토야랑 솔롱거 노래도 엄청 잘하는데.”

“맞아. 토야 엄마 몽골에서 음악 선생님이셨대.”

“오, 우리 레인보우 크루의 영역이 확장되는 건가요?”

금란이의 너스레에 다들 환하게 웃었다. 그때 요한이가 도훈이와 금란이 눈치를 보며 물었다.

"우리 이번 기회에 크루 이름 바꾸면 어때? 레인보우 크루 너무 식상해."

"나도 그런 생각 했는데. 그럼 느티나무 수호대는 어때?"

예은이 말에 요한이가 얼른 고개를 저었다.

"촌스럽게 느티나무 수호대가 뭐냐? 차라리 레인보우 크루가 낫다."

민용이가 요한이를 눈짓으로 나무랐다.

"우리 이름은 토야, 솔롱거, 마리아 오면 다시 얘기하자."

"레인보우 크루 얘기 끝났으면 아침 밥상 얘기도 좀 하자."

느티 샘 목소리에 아이들이 일제히 뒤를 돌아보았다.

"어, 샘, 언제부터 거기 계셨어요?"

"조금 전?"

"아침 밥상이요?"

"응, 마리아랑 동생도 초대할까 해서. 마리아네 어머니가 일찍부터 농장 일을 하셔서 마리아가 동생들 아침까지 챙기느라 벅찬가 봐."

"마리아 동생도 있어요?"

"응, 1학년."

"저희야 언제든지 환영이죠."

금란이와 달리 도훈이는 걱정스러운 얼굴로 물었다.

"근데 샘, 아침 밥상에 식구들이 너무 많은 거 아니에요? 음식을 다 마련할 수 있어요?"

"걱정 마. 아침 밥상에 음식을 후원하겠다는 사람들이 오히려 더 늘어날 것 같아."

"샘, 그럼 저도 가끔 먹으러 와도 돼요?"

요한이가 촐랑거리며 나서자 느티 샘이 고개를 갸웃했다.

"글쎄다. 우린 좋지만 요한이 엄마 아빠가 요한이, 니카랑 아침을 같이 먹고 싶어 하실 거 같은데? 참, 여러분께 비보 아닌 비보를 전하려고 해요. 아무래도 이번에도 저는 천연기념물이 될 수 없을 것 같아요."

"결정 났대요?"

"아직은 확실하지 않은데 지난주에 현장으로 두 번째 조사를 나온 전문가들이 좀 어려울 것 같다고 했대."

"샘 기분은 안 나빠요?"

"왜?"

"샘의 가치를 안 알아준 거잖아요."

"아니야, 난 좋아."

"그래도 난 좀 섭섭해요. 우리 느티 샘의 진가를 몰라보는 것 같아서."

"맞아, 홍규목이 천연기념물이 안 되면 어떤 나무들이 되는 거지?"

느티 샘은 너스레를 떠는 아이들을 둘러보며 말했다.

"안에 들어가자. 동생들이랑 같이 축하 파티라도 해야겠어."

도훈이는 신이 나서 느티나무로 들어가는 친구들의 뒷모습을 보다 다시 평상에 누웠다. 조금 늑장을 피우고 싶었다. 9월이 되었지만 느티나무는 아직도 여름 빛깔이다. 홍규목을 평상에 누워서 올려다보면 나무 한 그루가 아니라 하나의 숲처럼 보인다. 그리고 언젠가부터 도훈이는 자신도 그 숲의 일부라고 느끼기 시작했다. 도훈이는 그것이 느티 샘의 환대가 지닌 힘임을 안다. 느티 샘의 환대 덕분에 지금 대포읍에는 새로운 숲이 만들어지고 있다. 레인보우 크루, 대포읍 아이들, 대포마을회가 함께 만들어 가는 숲. 도훈이는 그 숲이 홍규목 기억의 숲과 이어져 모두를 위한 미래의 숲으로 가꿀 수 있기를 꿈꾼다.

도훈이도 평상에서 일어나 느티나무로 갔다. 느티나무 문 앞에 선 순간 늘 자기 시선보다 높이 있던 옹이가 자기 눈 아래로 내려간 걸 깨달았다. 어느새 키가 더 자랐다.

내가 엄마 나무에서 떨어진 작은 열매였을 때, 땅속에 들어가 싹을 틔울 날을 기다렸다. 흙 속에서 기다리던 시간은 때로 지루했지만 그 시간 동안 내가 뿌리를 내리고 싹을 틔우기 위해서는 흙 속의 여러 생명들과 협력해야 한다는 것을 배웠다. 땅을 뚫고 나와 처음 햇빛을 만났을 때의 그 황홀감을 잊을 수가 없다. 세상으로 나오니 그 햇빛을 나누어 받는 친구들과 이웃들이 많았다. 그래서 또 놀랐다. 나만을 위한 것은 아무것도 없었다. 쏟아지는 햇살도, 비와 눈도 모두의 것이었다.

수백 년 동안 숲의 일원으로 살던 내 몸이 또 하나의 숲이라는 것을 깨달을 무렵 내가 서 있는 동산의 나무들이 베어졌다. 그 자리에 사람들이 경작하는 밭이 생겼다가 풀만 무성했다가 다시 밭이 생기기를 되풀이했지만 나와 엄마는 마을의 당산나무로 지켜졌다. 엄마 나무가 흙으로 돌아간 뒤, 세상은 너무 빨리 변해 갔다. 그사이 숲이 내게서 멀어지고 말았다. 숲이 있던 자리에 나무보다 높은 건물이 올라갔다. 외롭고 두려웠다. 그나마 위로가 되는 것은 나를 당산나무로 지켜 주고 자신들의 이야기를 내어 주는 사람들이었다. 사람들의 믿음과 달리 나는 그들의 기도를 들어줄 능력이 없었다. 그저 그들의 기도를 나의 기도로 품는 것밖에는 할 수 있는 게 없었다.

외로움에 지치고 나의 생존이 위태로워지는 것을 느끼기 시작할 무렵, 나는 사람들 속으로 들어가기로 결심했다. 내 안에 사람을 품고 싶었다. 그렇게 내 안에 깃든 아이들에게 숲의 기억과 미래를 나누고 싶었다.

글자를 배우고 나서야 인간 역시 우리와 같은 세포 공동체로 이루어진 존재임을 알게 되었다. 우리는 생각보다 많은 공통점이 있었다. 가장 큰 공통점은 혼자서는 살 수 없는 존재라는 것이었다. 내가 대포도서관에서 처음으로 빌린 책은 전 세계 사람들이 가장 많이 읽은 책이라는 성서였다. 옛날이야기처럼 재미있게 읽다가 내가 납득할 수 없는 부분이 있었다. 하느님이 인간에게 지구를 다스릴 권한을 주었다는 말은 동의하기가 어려웠다. 나를 비롯한 식물들은 척박한 환경에서 4억 년 넘게 살아왔다. 그동안 우리는 스스로 살아남는 방법을 터득해 왔다. 우리는 환경에 적응하고 숲에 사는 수많은 생명들과 협력하며 살아왔지만 누군가의 다스림을 받은 적이 없다.

내가 처음 만난 사람들도 숲을 지배하지 않았고 우리를 이웃으로 대했다. 그 사람들은 한해살이풀에게도 이름을 지어 주었다. 물론 사람들에게는 그 식물을 먹을 수 있는지 아닌지가 중요했지만 먹지 못하는 식물에도 일일이 이름을 붙여 주었던 그들에게 진한 우정을 느꼈다. 그들은 숲을 존중했고 스스로 숲의 일원임을 잊지 않았다. 숲에서 멀어진 지금, 사람들은 그때의 기억을 잃어 가고 있다. 그러나 나는 믿고 싶다. 느티나무 아이들이 그렇듯 아직은 사람들 안에 그때의 마음과 정신이 살아 있다고. 그래서 나는 사람과 함께 살기를 포기하지 않는다. 희망을 포기하지 않기 위해. 누구도 다스리지 않고 서로 협력해 가는 세상으로 나아가기 위해.

작가의 말

2019년 말부터 시작된 코로나19 바이러스의 공포가 국경을 넘나들며 전 세계를 혼란에 빠뜨릴 때, 우리 공동체에도 생각지 못한 거센 태풍이 휘몰아쳤다. 할 수 있는 일이라고는 하루하루 서로 다독이며 버티는 것밖에 없는데, 바이러스는 서로를 멀리하고 고립시키라고 했다.

32년 동안 1년 365일 열려 있던 공부방 문이 닫혔다. 고립이 길어지자 아이들이 구조 신호를 보내기 시작했다. 애타는 시간이 두 달이 지나서야 '긴급 돌봄'이란 이름으로 공부방 문을 열 수 있었다. 그 고립과 고독의 나날은 회복되기 힘든 결핍의 시간으로 이어졌다.

그 와중에도 봄은 기어코 겨울을 밀어냈다. 나무에 물이 오르고, 봄눈이 부풀더니 생강나무와 길마가지나무가 꽃망울을 터뜨렸다. 뒤를 이어 매화와 벚꽃이 피고 개나리, 진달래가 폈다. 배꽃과 복숭아꽃이 질 무렵 포도나무에도 새순이 돋았다. 자연은 순리를 거스른 인간에게 복수하는 대신 우리에게 함께 살자고 손을 내밀었다. 미안하고 부끄러웠다. 그래서일까. 포도밭과 집을 오가며 만나는 풀 한 포기, 들꽃 한 송이가 그렇게 소중할 수가 없었다. 눈앞에 알짱거리는 맵시벌, 가장 먼저 깨어나 날갯짓하는 흰나비, 계곡 아래 산개구리, 어쩌다 마주친 다람쥐까지 생명을 가진 모든 존재가 존엄하게 다가왔다. 생명을 품고 있는 흙과 시냇물, 길가의 돌멩이 하나도 허투루 보이지 않았다.

신록이 우거지는 6월이 되자 길에서 집으로 올라가는 언덕 위에 연초록 터널이 생겼다. 포도밭 일을 마치고 고단한 몸으로 오르막길을 올라와 터널을 지날 때마다 다른 세계로 건너가는 기분이 들었다. 그 터널은 식물, 동물이 살아가는 숲과 사람의 숲이 만나는 경계였다. 어느 날 문득 그 이야기를 해야겠다고 생각했다. 『느티나무 수호대』의 시작이었다.

어렸을 때, 주인집 아주머니가 피란길에 만난 큰 버드나무 이야기를 들려주었다. 개성이 고향인 아주머니는 일가친척들과 피란을 내려오다 한 마을 어귀에서 아름드리 버드나무를 만났다. 가지가 땅에 닿을 정도로 길게 드리워져 스무 명 가까이 되는 사람들이 몸을 숨길 수 있었다. 아주머니와 친지들은 그 나무 아래서 여러 날을 쉰 뒤 다시 길을 떠났는데 돌아보면 그 나무 덕에 살았다고 했다. 나는 무시로 아주머니를 찾아가 버드나무 이야기를 들려 달라고 졸랐다. 그리고 그 버드나무를 내 안에 옮겨 심었다. 상상 속 버드나무에는 나보다 어린 아이들과 동물들만 들어올 수 있었다. 커튼처럼 늘어진 가지가 만든 아늑한 공간으로는 부족해 굵은 나무 기둥 안에 방을 들였다. 그 방에다가 책을 가득 채우고, 나보다 어린 아이들을 위해 밥을 지어 줄 주방과 함께 잘 침실도 만들었다. 그곳에서 나는 행복했다. 엄마는 내가 그 상상 세계에 갇힐까 노심초사했지만, 버드나무는 내 안에서 그리 오래 살지 못했다.

어른이 되는 것이 가끔 슬펐다. 오랫동안 잊고 있던 상상 속 어린이 나라를 20여 년이 지나 『어린이 공화국 벤포스타』(에버하르트 뫼비우스 지음, 김라합 옮김, 보리 2000)란 책을 통해 만났다. 어린이 공화국이 실존한다는 사실에 가슴이 뛰었다. 상상을 현실로 만든 벤포스타가 나의 이상이 되었다. 그러나 이제 그 벤포스타도 지도 위에서 사라졌다. 2004년 그곳에 갔을 때 벤포스타는 이미 스러져 가고 있었다. 그렇다고 크게 실망하지는 않았다. 벤포스타에서 성장해 그곳을 지키고 있는 선생님들을 보며 어린이 공화국은 영원히 사라지지 않을 유토피아라고 확신했기 때문이다. 몇 년 전, 벤포스타에서 자라 독립한 아이들이 스페인과 유럽 곳곳에서 어린이 공화국 벤포스타의 정신을 퍼뜨리고 있다는 소식을 들었다. 팬데믹 시기를 지나며 불현듯 깨달았다. 어릴 적 내 상상 속 버드나무가 여전히 내 안에 깊이 뿌리를 내리고 있었다는 것을.

『느티나무 수호대』는 여러 씨앗들을 모아 하나의 이야기로 키워 냈다. 소설이 완성되는 과정은 숲이 만들어지는 과정과도 같았다. 어린 시절 버드나무 이야기는 이 작품이 자랄 바탕이 되었다.

~~~~~ **씨앗 하나**

2020년과 2021년, 포도밭과 덕정산 중턱에 있는 집을 오갈 때마다 마을 어귀에 사는 느티나무를 만났다. 마음이 지치면 느티나무에 기대 숨을 골랐다. 연둣빛 여린 잎이 무성한 초록이 되는 동안 그 아래 서서 힘을 얻었다. 우리 마을의 느티나무는 아직 200살 정도밖에 안 되었지만 홍규목을 품기에 충분했다.

~~~~~~~~~ **씨앗 둘**

버스를 타고 서울이나 인천을 다닐 때면 김포를 지나쳐야 한다. 조선 시대에 임금의 수라상에 오르던 쌀이 나던 김포평야는 이제 한강 신도시와 크고 작은 공장에 자리를 내어 주었다. 도시에서 떨어진 공장에서 일하는 노동자 대부분이 이주민이다. 그들은 신도시에 밀려난 변두리에 자신들의 공동체를 일구었다. 한국어 간판과 외국어 간판이 공존하는 통진과 양

곡은 쇠락한 게 아니라 더 나은 미래를 보여 주고 있다고 생각한다. 남편과 나는 종종 그곳에 가서 네팔이나 인도 식당에서 밥을 먹고, 베트남 카페에서 커피를 마신다. 이제 공부방에도 이주 배경을 가진 아이들이 점점 늘고 있다. 우리는 이미 새로운 숲을 가꾸는 협력자이다.

씨앗 셋

2020년에 사계절아동문고 100권 기념 작품집에 함께하자는 권유를 받았다. 그때 쓴 단편 「다이너마이트」가 『느티나무 수호대』의 어린나무다.

씨앗 넷

몇 년 전, 일본에 있는 결식아동을 위한 어린이 식당에 관한 기사를 읽었다. 코로나19 시기에 한국의 한 식당 주인도 아이들이 눈치 보며 밥을 먹지 않도록 주변 식당 주인들과 함께 결식아동을 위한 음식 나눔을 한다는 기사를 보았다.

씨앗 다섯

2015년, 나무 칼럼니스트인 고규홍 선배가 일주일에 한 번씩 발송하는 나무 편지에서 '황목근', '황만수'라는 팽나무 부자 이야기를 만났다. 『느티나무 수호대』를 품은 최초의 씨앗이었다.

『느티나무 수호대』는 '쿨레칸'의 에마뉘엘 사누와 손소영 부부 덕분에 더 울창한 숲이 되었다. 안무가인 에마는 코로나19로 모든 공연이 멈췄던 때에도 이주민과 이주 아동의 인권, 평화를 위해 퍼포먼스를 하고, 어린이·청소년과 장애인들을 위한 춤 워크숍을 열어 왔다. 어느 날 문득 에마와 소영을 『느티나무 수호대』에 초대해야겠다고 생각했다. 두 사람의 허락 덕분에 어린 느티나무가 더 풍성한 이야기로 자랄 수 있었다. 『느티나무 수호대』의 3부는 에마가 여러 매체와 한 인터뷰, 소영 씨가 펴낸 『춤과 땡땡』(보코 지음, 꽃진·소영 기획, 쿠나디아 2022)에서 큰 도움을 받았다. 기차길옆작은학교 아이들과 한 워크숍에서도 영감을 얻었다.

만석 부두 선착장에서 이야기에 대한 구상을 듣고 반겨 준 이하나 편집자님이 아니었다면 『느티나무 수호대』는 탄생하지 못했을 것이다. 『느티나무 수호대』를 쓰는 시간은 치유의 시간이었다. 『너를 위한 증언』(낮은산 2022)을 쓰는 동안 느티나무와 친구들을 상상하며 숨을 고르고 끝까지 쓸 힘을 얻었다. 작품 속 느티 샘과 도훈이, 민용이, 예은이, 새봄이, 금란이, 요한이, 니카, 그리고 기차길옆작은학교의 아이들 덕분에 내 생애에서 가장 힘들었던 지난 3년을 살아 낼 수 있었다.

큰 태풍에 휩쓸렸던 공동체 숲은 아직 회복 중이다. 쓰러진 나무는 곁에 있는 나무에 기대 다시 뿌리를 내리고, 곳곳에서 새싹이 자라나고 있다. 가시투성이였던 어린나무 역시 어느새 가시를 숨기고 어른 나무가 되어 간다. 이 다채로운 숲의 일원이라는 것이 자랑스럽고 행복하다. 희망은 언제나 가장 낮은 자리에서 슬픔과 절망을 거름 삼아 싹을 틔운다.

2023년 봄

강화에서 김중미

『느티나무 수호대』를 읽는 동안 책의 '처음'을 그 어느 때보다 자주 생각했다. 책은 나무로부터 시작된 것, 그렇다면 숲을 도서관이라고 불러도 좋지 않을까. 현실이 힘겨워 책 속으로 도망치는 일은 어쩌면 나무에 깃드는 일. 나무는 정령이고, 도깨비고, 수호신이고 그 무엇이든 될 수 있다. 이야기 속 아이들처럼.

'너희'라는 구분은 '다문화' 아이들을 한데 뭉뚱그린다. 그러나 마음대로 되지 않을 것이다. 사랑은 성실하게 '관계의 언어'를 발명하니까. 각자 다른 언어로 말해도 다 알아들을 수 있는 느티나무의 품 안에서, 아이들은 어른이 '앗아 갈까 두려운 행복'을 경험한다. 가장자리에서만 느낄 수 있는 아슬아슬한 기쁨이 아이들을 '수호대'로 묶는다. "권리와 행복을 지키려면 알아야 할 게 많아"서 『느티나무 수호대』는 바쁘다.

나는 '대안'을 요구하는 사람을 의심한다. 그것이 자주 현실을 합리화하기 위해 발언되기 때문이다. 대안은 누가 요구하는 것이 아니라 함께 만들어 가는 것이다. 김중미가 만든 세계에서 나는 그런 것들을 본다. "태어나지 말았어야 한다고" 생각했던 아이들은 그 세계의 주인이다. 나는 "어른도 어린이의 친구가 될 수 있지."라는 말을 믿는다.

♣ 장일호(『시사IN』 기자)

'우리'와 '너희'를 나누는 세계에서 '너희'에 속한 아이들이 스스로를 남루하다 여기는 순간, "느티 샘"은 어김없이 찾아와 손을 내민다. 외로움을 혼자 버티고 살던 아이들에게 "고맙고 대견하다. 견뎌 줘서."라고 인사하는 그의 다정한 마음은 이어달리기를 하듯 다음 주자에게로, 그리고 다시 다음 주자에게로 연결된다. 아이들은 느티 샘을 통해 경험한 환대를 자신만의 즐거움으로 독점하지 않는다. 그들은 타자로 규정되어 배척되고 배제되는 존재들을 향해 망설이지 말고 이리 오라고 말한다.

『느티나무 수호대』의 '타자'는 다문화 가정의 청소년이다. 이 작품의 아름다움은 이들을 주체성을 가진 온전한 개인으로 그린다는 점이다. 김중미 작가의 이야기 속에서 그들은 '우리'가 배려해야 할 불쌍한 존재가 아닌, 개인과 공동체의 문제를 스스로 해결하는 삶의 주인공으로 생생히 피어나며 '우리'와 '너희' 사이에 그어진 선을 지운다.

경쟁에서 이겨야만 살아남을 수 있단 믿음이 공기처럼 존재하는 시대에 연대와 우정을 강조하는 일은 종종 순진하다 치부된다. 하지만 느티 샘을 비롯한 "느티나무 수호대" 아이들의 이야기를 읽으며, 인간이 '함께' 나아질 수 있다는 믿음은 오직 연대와 우정을 통해서만 일어날 수 있다는 확신을 갖게 된다. 이 확신은 당분간 이 '순진한 마음'을 이어 나갈 수 있는 용기가 될 것이다.

♣ 김영희(전국국어교사모임 독서교육분과 물꼬방 교사)